어느 날, 집이 나에게 말을 걸었다

꽃미남 건축가
공간으로 인생을 말하다!

어느 날,
집이 나에게
말을 걸었다

린위안위안 글 · 그림
심혜경 · 설시혜 옮김

페이퍼스토리

집은 무슨 생각을 하고 있을까?

오십 세가 되던 해 오십견이 살짝 왔고, 나는 그림을 곁들인 오십 개의 이야기를 낙서처럼 끼적이고 있었다.

2년 전 출판사에서 나를 찾아와 좀 특별한 시각으로 건축을 이야기해보자고 했다. 그 당시에는 내가 약간 특별한 인물로 보였기에 그런 제안을 받게 되었나보다 생각했다. 그래서 나의 어디가 특별한지, 어떻게 해서 특별하게 보일 수 있었는지를 생각하기 시작했다. 특별히 유명한가? 특별히 유명하지는 않은 건가? 내가 설계한 집이 특별한가, 아니면 그 집을 설계한 나의 두뇌가 특별한가? 이리저리 생각해봤지만 이도저도 다 아닌 듯했다. 건축가라는 한정된 시각에서 건축을 바라보면서 쓰는 글은 '특별'하지 못할 것 같다. 늘 마음에 담고 있었던 변형 우주처럼 재미있는 이야기들을 갑자기 프로페셔널한 입장에서 말해야 된다고 생각하니 왠지 어색하고 입이 떨어지지 않았고, 키보드 위에 올려놓은 열 개의 손가락에서 싹이 돋을 때까지 기다려봐도 글이 써지지 않았다. 결국 이 일에 대한 생각은 잠시 마음에서 내려놓기로 하고 책상 위에 그냥 올려두었다.

　2년은 짧지 않은 시간인데도 눈 깜짝할 사이에 지나가버린 느낌이었다. 그동안에도 글을 써야겠다는 생각은 잊지 않았다. 일상 속에서는 오히려 내가 개업을 한 건축가라는 사실을 점점 잊고 지내는 것 같았다. 건물설계도를 옆에 밀어두고 잡다한 메모를 하고 그림을 그리기 시작해서 엄청난 분량이 날마다 쌓여갔다. 도면에 있는 집들을 거의 덮어버릴 기세였다. 게다가 전혀 연관성이 없어 보이는 낙서와 그림들 속에서 창작의 열기와 새로운 관점을 찾아낼 수 있었다. 설계 작업량이 많아질수록 낙서장에 담기는 기발한 생각, 남들에게는 보이지 않는 별난 상상력이 더 맹렬해졌다. 이렇게 바쁜데도 어떻게 그림을 그리고 낙서를 끼적일 시간을 낼 수 있는지 여러 친구들이 궁금해서 내게 묻곤 한다. 어렸을 때부터 이것저것 그리는 걸 좋아했던 나는 '스트레스를 풀기 위해서'라고 옹색한 답변을 내놓았지만, 사실은 삶 속에서 내가 한낱 건축가라는 배역에서 벗어나려고 노력하기 위해 그러는 것 같다. 건축가의 역할에서 벗어나고 싶은 이유는 바로 내가 건축이라는 직업을 너무도 좋아하고 있기에, 문외한의 마음으로 그 세계에 대한 호기심과 순진무구함을 간직하고 싶기 때문이다.

　외부에서 보이는 건축가라는 배역과 내부로 침잠하며 글을 쓰고 그림을 그리는 배역 사이를 오가는 일에 익숙해질 무렵, 기회가 자연스럽게 나의 문을 노크했다. 안면을 트고 연분을 이어온 출판사 편집장과 다시 만나 아직 손도 대지 않고 있던 그 책 이야기를 꺼내게 된 것이다. 마치 오랫동안 내가 공을 들여 기교와 재능을 준비하고 여유로운 건축 영혼을 지니게 될 때까지 기다리고 있었던 것처럼 그날이 나를 찾아온 것이다. 편집장도 나의 글과 그림의 결과물에 대해 아무런 기약 없이 기다리겠노라고 했다. 우리 두 사람은 독자에게 궤도 밖의 새로운 생각과 상상력을 보여주겠다는 구상에 진심이었다. 그때 내게 떠오른 건 작가 진융(金庸, 1924~2018)의 소설 『의천도룡기』의 한 장면이었다. 주인공인 장우지(張無忌, 영화에서는 배우 이연걸이 연기했다)로 변신한 내가 태극권의 권법을 죄다 까먹을 때면 가짜 수염을 달고 장쌴펑(張三豐, 장우지의 무술 스승. 영화에서는 홍금보가 연기했다)으로 변신한, 부드러운 마음에 고귀한 성품까지 지닌 편집장이 등장해서 곧바로 나를 다독이고 진정시킨 다음 산에서 내려보내고 적을 물리치는 바로 그 장면 말이다. 어디까지나 상상은 상상이므로 내가 장우지처럼 세상을 압도하는 공력을 가질 수는 없다. 하지만 1초 만에 하와이의 모래사장으로 순간이동해서 선글라스를 끼고 앉아 글을 쓸 수 있도록 『의천도룡기』에 등장하는 무술 신공 같은 걸 아주 잘 배우고 싶기는 하다.

그 후 몇 달 동안 나는 고장이 나서 물이 줄줄 새는 수도꼭지처럼 연이어 지난날 건축 설계 현장에서 만난 재밌고 고마운 사람과 사물들의 에피소드를 한 편 한 편 쓰고 그렸다. 실제 생활에서의 경험도 썼고, 상상 세계로부터 응답을 받아 쓴 것도 있다. 생명의 시작점에서 멀고 먼 여정의 종착지에 도달하기까지의 공간에 대한 상상도 들어 있다. 가구와 생활공간, 그리고 길거리와 도시 전체를 아우르는 이야기가 곳곳에 펼쳐진다. 감동적인 사연과 풍경도 담았는데, 건축가의 머릿속에 들어가봐야만 보이는 기이한 세계도 많이 등장한다.

틀에 박힌 사고에서 벗어나자, 글을 쓰는 역할에도 유연하게 대처할 수 있게 되었다. 나는 이 글을 쓰는 모든 과정을 즐겼다. 매일 계속해서 글을 쓰

는 것이 나를 일깨워 앞으로 나아가게 해주었을 뿐만 아니라, 차원을 달리하여 살아갈 수 있는 길도 열어주었다. 내가 써놓은 글을 다시 읽어볼 때는 나도 모르게 독자의 입장이 되어 글의 내용에 따라 기뻐하거나 감동을 받기도 한다. 익숙했던 역할에서 끊임없이 도피하고, 고정된 가치관에 따라 갇혀 살지 않도록 하는 건 역시 『쿵후의 길 : 이소룡 중국 무술의 길 연구』였어, 라고 생각하며.

글 한 편에 그림 하나를 곁들였다. 그림이 글의 보조적인 역할에 그치지 않고, 독립적인 위치에서 존재감을 지니고 독자의 상상력을 자극하는 활력소로 작용할 수 있게 되기를 바란다. 그리고 귓가에서 자분자분 건축 세계의 아름다움을 들려주는 책이 되었으면 좋겠다. 살아가면서 직면하게 되는 많은 심오한 도리와 법칙들에 우리가 반드시 경직된 자세로 접근해야 할 필요는 없지 않은가. 이 책에서 거창한 논리를 전달할 생각은 없다. 왜냐하면 나는 '건축을 사랑하는 것은 알고 보면 작고 사소한 일, 일상적이고도 평범한 일에서부터 시작해야 한다'고 생각하기 때문이다. 건축인이든 아니든, 마음속에 어린이가 살고 있는 어른이든 늙은 영혼을 가진 어린이이든, 아니면 그냥 자신에게 다른 가능성이 있는지 궁금하다면 가벼운 마음으로 나와 함께 '이상한 나라'로 들어가봅시다!

린위안위안

Contents

작가의 말 _집은 무슨 생각을 하고 있을까 5

• Architecture

자기 집을 짓다 16

태엽 감는 남자 22

색연필 28

건축인 34

자기가 지은 집에 노크하고 들어가기 40

건축 현장은 동물원 46

석재 공장의 양밍춘샤오 52

꽃미남 건축 일기 58

잔꾀 부리기 64

숙성 70

30분짜리 여행 76

씨방이 두 개 있는 사과 80

작은 집 86

맞춤하게 작은 92

미래 소년 98

글에 살다 104

• Life

검은색과 어둠 110

장인 116

이상적인 작업 공간 122

남자가 원하는 부엌 130

화장실의 사이코 136

전 남친 144

첫눈에 반하는 집 150

가구 인간 156

당신이 사는 집의 현관 162

계단 놀이 168

볼거리가 많은 골목 174

민낯의 거리 180

독립 서점 186

오래된 집 192

작가의 집 198

가오푸솨이 204

공기 인형 210

• Memory

오래된 거실의 벽 218

텐징 224

내가 좋아하는 구멍가게 230

전통 시장 236

공원 242

무대 아래의 인간 248

울기 편한 극장, 웃기 쉬운 빙수 가게 256

일일시호일 262

처음 기숙사에 들어가다 268

나의 소년시대 274

여관에서의 첫 경험 280

전자상가 288

식탁의 형태 294

우산 속 세상 300

크로스워드 퍼즐 306

융캉제에 가게를 하나 열자 312

여섯 개의 자기만의 방 318

건축

建　　築

A　　　R　　　C

H　　I　　T　　E

C　　　U　　　R　　　E

蓋　自　己　的　房　子
　　　　　　　　　　　　　　　發　條　人
　　彩色鉛筆　　　　　　　　　　　建
跟自己的作品敲敲門　　　　工　地　是　個　動　物　園
石材工廠的陽明春曉　型　　男　建　築　日　　誌
假　　　　鬼　　　　假　　　　怪
熟成　三　十　分　鐘　的　旅　行
雙核蘋果　蝸居　　　　　　　剛剛好的小
未來少年　　　　　　佳　在　文　字　裡

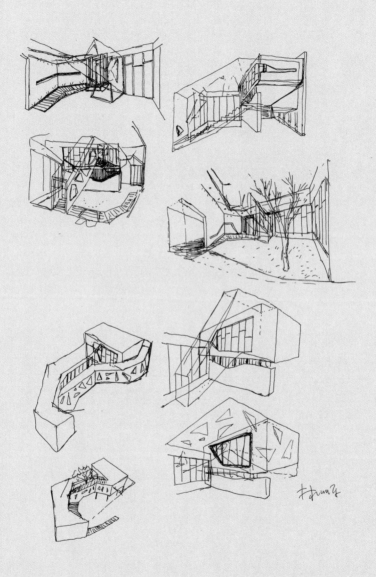

자기 집을 짓다

―――

나는 사람들이 살아가는 동안 시간을 들여 자신만의 집을 짓는 연습을 해야 한다고 생각한다. 땅 위에든 마음속에든.

형 청난과 동생 츠난 형제가 칠순 노모를 모시고 건축사무소를 방문했다. 머리를 밤톨처럼 짧은 상고머리로 깎고 겸손하게 행동하는 형 쪽을 보면 아직 나이가 그리 많다고는 할 수 없는 기업체 사장인 듯하고, 동생 쪽은 기다란 생머리에 상대방과 눈을 마주치지도 않고 표정도 무뚝뚝해서 오히려 나이가 좀 있는 도련님처럼 보인다. 노모는 키는 크지 않지만, 원기 왕성한 모습이 젊었을 때는 슈퍼우먼이었을 것 같다. 그들은 아버지께 물려받은 옛집을 개축하려고 나를 찾아온 참이었다. 아버지가 세상을 떠난 후 17년간 어머니 혼자 회사를 일으켜 세우고, 아들 둘을 키웠다. 일이 힘들어져 장남에게 회사를 맡긴 다음 날 곧바로, 풋내기 CEO가 된 그 장남은 강직해 보이는 밤톨머리로 짧게 밀었다. 밤톨머리의 이 상남자는 어떻게 가족을 챙겨야 하는지, 어떻게 사장이 될 수 있는지를 동시에 배웠다. 어머니에게 효도하는 착한 아들 노릇도 하면서, 어른은 끝내 되지 않으려 하면서도 자신이 충분히 다 컸다고 생각하는 동생의 아버지 역할도 맡아야 했다.

퍼즐을 하나하나 모으듯, 건축가는 한 차례씩 대화를 나누며 조금씩 천천히 이런 이야기들을 알게 된다. 매번 회의 때마다 새로운 퍼즐을 모으는 건 물론, 건축주의 가족들과 함께 퍼즐을 맞춰가며 이야기를 정리한다.

노모는 옛집의 따뜻한 분위기가 남아 있기를 바랐다. 형은 아버지의 '치 자춰(起家厝, 가세를 일으켜 세운 첫 건물)'를 더 크게, 더 높게, 더 화려하게 만 들기를 희망했다. 동생은 자신의 스포츠카 세 대, 방의 절반을 차지하는 크 기의 수족관, 그리고 베네치아에서 가져온 빨강 소파를 어느 곳에 어떻게 배 치할 것인가에 신경을 썼다. 함께 살면서도 독립적인 공간을 보유하고 싶어 하던 그들은 초반 몇 번의 회의에서는 상상의 나래를 펼치며 가족들 서로에 대한 감사의 마음을 나누었다.

다음은 건축가가 각자의 마음속에 있는 윤곽을 뚜렷하게 그려서 제시해 줄 단계였다. 그들은 이것이 정말 자신들이 원하는 바인지를 망설이기 시작 했다. 공동 주거 공간에 대해서는 반드시 의견이 맞아야 한다. 애초에 그들 이 기대했던 절대적인 사적 공간이 도면에서는 그다지 독립성이 없어 보이 자, 이른바 '함께하다'라는 말의 의미까지 다시 거론하기 시작했다. 그러고 는 가족 사이에 다툼이 벌어졌을 때는 놀랍지도 않았다. 동생이 먼저 이의를 제기했다. 자신이 사용하는 층의 공간이 부족하다며, 정원의 고목나무를 베 어내면 좀 더 자유로운 공간을 확보할 수 있는데 왜 남겨두어야 하는지 원망 했다. 노모는 그 나무가 젊은 시절의 아버지가 직접 심은 것으로, 무거운 책 임을 짊어져야 했던 그 세월을 버틸 수 있게 해준 정신적인 버팀목이었으며,

아버지와 다름없는 존재라고 말했다. 동생은 버릇없고 제멋대로인 말투로 옛것에 집착하는 어머니에게 반대의 뜻을 나타냈다.

노모는 눈물을 글썽였고, 형은 마치 돌아가신 아버지가 빙의한 듯한 목소리로 동생에게 호통을 쳤다.

"그 입 좀 다물어!"

그러자 순식간에 공기마저 얼어붙었다. 그 시점에서 건축가(나)는 침착하게 일어나 모두에게 따뜻한 차를 한 잔씩 더 따르고는 커다란 설계 도면용 스케치북을 펼쳐 열었다. 이번에는 집을 그리지 않고 대신 이렇게 제안했다.

"우리 서로 자기 자신을 다시금 돌아보면 어떨까요?"

그리고 즉석에서 두 아들과 어머니의 '모자 삼인방'을 위한 그림을 하나씩 그리기 시작했다. 큰 나무 한 그루, 새집 한 채, 흰 구름 몇 점과 창문, 심지어 건축가와는 일면식도 없는 아버지도 그렸다. 세 사람이 처음에 함께했던 꿈을 그린 그림을 보면서 서로를 아끼는 마음이 돌아오기 시작하자 얼어붙었던 가슴 속 빙점冰點은 서서히 그림 속에 녹아내렸다.

일 년 동안이나 집에 대한 논의를 하다가 드디어 계획을 확정하기 직전에 그 땅이 도시 재개발 지역에 편입돼서, 거리 외곽의 정비와 함께 건축을 진행해야만 했다. '치자춰'를 원래 원했던 단독주택으로 변신시키려던 계획은 어쩔 수 없이 취소되었다. 이것이 바로 건축가가 늘 직면해야 하는 '계획은 변화를 영원히 따라잡을 수 없다'는 화두다. 예상하지 못했던 건 이 모자 삼인방이 건축가와 가족처럼 친밀한 사이가 되었다는 사실이다. 어머니를 위해 형제는 도시 교외 지역에 정갈하고 맞춤한 땅을 매입했다. 그리고 그들은 예전에는 생각하지 못했던 '다른 곳'에서 가장 살고 싶은 곳을 찾아낼 수도 있다는 걸 깨달았다. 건축가는 그곳에 그들의 드림 하우스에의 소망을 이루어주었고, 그들은 그동안의 충돌, 용서, 모순과 포용, 사랑과 더 큰 사랑 속에서 더 가까워지는 서로를, 더 좋은 가족을 찾게 되었다. 사람들은 마음속에 진짜 원하는 집을 그릴 때는 사실은 자신이 지나온 삶을 정리하고 있는 것이다. 또한 앞으로 살고 싶은 곳이 어디인지, 어느 방향으로 가야 할지, 그리고 마음을 어디에 두어야 할지 알아내려는 것이다. 정말이지 모두들 평생에 한 번쯤은 종이 위에, 가까운 가족들의 마음에, 또는 신뢰하는 건축가에게 보내는 편지에 자신의 이야기를 쓰는 훈련을 해야 한다는 생각이 든다.

사람이 살아가면서 해야 할 몇 가지.
어린 시절 사진을 꾸준히 정리하기,
아버지와 어머니께 진심으로 사랑한다고 말하기,
혼자서도 밥 한 끼 정도는 제대로 먹고 따듯한 물을 마시되
이 두 가지 일을 하는 동안에는 다른 일을 하지 말고 온전히 집중하기,
자기가 살고 있는 도시의 어느 한 거리를 골라 어슬렁어슬렁 걷기,
가족들과 함께 다정하게 머리를 맞대고 가장 원하는 집을 그려 보기……

태엽 감는 남자

———

나의 오랜 친구인 '태엽 감는 남자' W는 진정 순수한 기계 시대 인간형이다. 자기 스스로 전자 시대에도 손맛에 의지해서 일하는 마지막 건축가라고 우쭐댄다. 다른 사람들이 컴퓨터로 화려한 3D 기법을 사용하며 끊임없이 복사&붙이기를 반복하며 붙이고 붙이고 또 붙일 때 그는 낡은 증기 기관차를 레일 위로 끌고 가듯, 오래된 연필로 한 땀 한 땀 도면에 선을 그린다. 그는 건축가를 수공예 작가로 여긴다. 얼굴에 칼자국이 있는 드라마 〈심야식당〉의 마스터, 혹은 흰 셔츠에 검은 에이프런을 두르고 하루에 다섯 잔 한정판 핸드드립 커피를 내리는 유명 바리스타처럼 보이기도 한다. W가 연필을 깎는 모습을 보는 건 즐거움 중의 하나다. 연필을 손에 쥐고 성미를 종잡을 수 없는 고양이를 어르듯 부드러운 손길로 한동안 쓰다듬으며 아래에서 위로 칼날 마사지를 하면 마침내 고양이는 흐뭇한 미소를 짓는다. 옆에서 넋 놓고 구경하는 내게는 마치 연필이 부르는 노랫소리가 들리는 것 같다!

　W는 매일 밤 연필을 깎는다. 음반에서 흘러나오는 재즈를 들으며, 위스

키를 마시는 게 아마도 하루의 스트레스를 풀기에 가장 좋은 시간일 것이다. 보통은 이때가 새벽 한 시. 등에 태엽이 달린 남자는 스트레스를 반드시 풀어야 한다. W는 매일 아침 일어나자마자 태엽을 잘 감는 일로 하루를 시작한다(무라카미 하루키의 『태엽 감는 새』에 "태엽 감는 새가 태엽을 감지 않으면, 세계가 움직이지 않아"라는 말이 나온다). 실용적일 뿐만 아니라 일종의 의식과도 같은 의미를 지닌 이 동작은 매일 아침 수행을 하는 신실한 불교도의 마음을 어루만져주는 목탁 소리와도 같다. W는 아침에 일어나 태엽을 감을 때 들리는 차르륵차르륵 소리, 목탁 두드릴 때 나는 소리 대신 몸을 움직여 방 안을 몇 바퀴 돌고 나서야 하루를 시작한다.

　W는 지나간 시절의 아름다운 자질을 갖추고 있기에, 자신의 생활 속에서도 아름다운 시절에 어울릴 법한 우아함을 계속 이어나간다. 예를 들면 '느림', '조용함', 그리고 '걷기'와 '말하기' 등등. 그는 오래된 만년필을 지니고 있으며, 잉크를 펜촉 끝으로 투과해서 '필기'를 하고, 그 과정을 통해 서서히 우러나오는 예스러운 감각도 간직한다. 이제는 그 쓰임새가 없어진 예전의 청사진 기계를 암모니아 냄새가 코를 찌르는 프린터 용액과 함께 보관한다. 출력하면 선을 그린 부분이 하얗게 남고 바탕 부분이 파랗게 변하는 청사진 도면이라는 타임캡슐 속에 수없이 많은 도시의 옛 거리와 집들, 팅아카(亭仔腳, 대만의 특별한 건축 구조로 건물의 2층 베란다를 1층 보도 위로 지붕처럼 만든 공간)의 영혼들을 모두 보존한다. 청사진 기계를 어루만지는 손에 느껴지는 촉감은 피아노를 치는 피아노 연주자가 느끼는 것과 다름이 없다. 그는 회의 장소와 건축 현장에 걸어서 가는 쪽을 선호한다. 가는 길에 골목을 지나갈 수 있다면 그는 특히 더 좋아할 것이다. 현장을 탐사하러 나가는 첫날에는 원목

으로 만든 낡은 나침반을 가져간다. 몇 년 전 목수 한 분께 부탁해서 구한 것인데, 그때 목재에 줄을 긋는 도구인 먹줄통도 같이 샀다. 그는 이 옛 도구들을 처음 만나는 땅에 지니고 가면 그곳의 고유한 생동감을 더 잘 느낄 수 있다고 했다. 태엽을 감아 움직이는 로봇 강아지처럼 여기저기 비비고 냄새를 맡아야 그곳 특유의 흙냄새를 더 잘 기억할 수 있다고도 했다. 나중에 나도 '따라쟁이'가 되어 호기심 가득한 강아지처럼 건축 현장의 이곳저곳을 탐색해보니, 과연 낮은 자세로 보는 시점에서 더 많은 영감이 떠올랐다.

W가 그림을 그릴 때는 아주 조용하다. 연필이 종이의 섬유질을 스치는 소리뿐 벽에 걸린 괘종시계가 똑딱똑딱 움직이는 소리만 들린다. 오래된 괘종시계가 존재하는 이유는 아름다운 옛 시절의 물건이기 때문이다. '태엽을 감는다'는 점에서 W와 닮았다. 똑딱거리는 소리, 매시 정각이 되면 울리는 종소리는 그를 안심시켜준다. 공간이 이렇게 심플하기만 하다면 그는 시간의 끝까지라도 그릴 수 있을 것 같다. 태엽이 헐거워지더라도 어차피 다시 감으면 그만이라는 단순한 생각으로 일하는 건, 타자기를 고집하는 일부 작가들처럼 그저 안도감을 추구하려는 것일 테다. 아, 맞다! 이 아름다운 풍경에 매혹적인 장면이 하나 더 있다. W가 그림을 그릴 때는 반드시 하얀 티셔츠를 입고 짙은 회색 넥타이를 맨다는 것. 머리에 헤어 제품을 바르고, 양쪽 팔뚝에 검은색 팔 토시를 착용하고 매일 밤 일하는 W의 모습은 어느덧 이 공간의 정물화처럼 되어버렸다. 밤이면 나는 사무실 벽에 걸려 있는 W가 그려준 실물 크기의 창살무늬 세밀화를 들여다보며 멍을 때리는 경우가 많다. 어디엔가 평행우주가 있다면 사람들을 위해 그 아름다운 태엽 감는 시대를 보존해주겠지, 라고 상상하면서.

어쩌면 우디 앨런의 영화 〈미드나잇 인 파리〉에서
시간을 거슬러 올라가면서 달콤함을 느끼는 건,
아름답고 좋은 일들은 항상 지나간 시절에 일어났던
일이어서 그런 것일지도 모른다.
혹시 지금의 우리도 아름답게 잘 살고 있는데
그 사실을 자꾸 잊어버리고 있는 건 아닐까?
다음 세대가 그리워하게 될 아름다운 시절은
우리의 현재라는 사실을 열 번 깨달아도
다시 한번 평범한 옛날로 돌아가지는 못한다.

색연필

―――

한 무리의 색연필들이 책상 한구석에 모여 소곤소곤, 재잘재잘 비밀스럽게 속삭인다. 얘가 한마디, 쟤가 한마디 하며 사람을 긴장시키는 화제에 대해 토론을 하고 있는 모양이다.

내가 귀를 대고 엿들어보니, 책상에 놓여 있는 도면이 처음 보는 색깔의 제품이라는 이야기였다. 세속을 벗어난 데다, 모르는 사람과는 다투지 않는 이 색연필 가문에 강호江湖의 신비로운 '듣보잡 손님'이 나타났는데 아무도 그의 이름을 모르고 어디서 왔는지도 알 수 없었던 것이다. 색연필들은 내가 정의의 수호자라도 되는 듯 나를 보자마자 우르르 몰려왔다. 그들의 작은 우주에 소요 사태가 발생했는데, 대체 적인지 손님인지도 잘 모르고 있으니, 자칫 잘못하면 책상 위에 쌓아 올린 기반이 위협을 받아 모두 실직하면 끝장인 거다. 요즘은 강호에는 전대미문의 특수 능력자들이 자꾸 나타난다. 3D 프린터라든가, 안경만 끼면 가상 공간을 마음껏 신나게 유람할 수 있다든가. 설계를 전공하는 학생들이 손으로 마우스와 휴대폰에 쏟는 애정은 연필에 비교할 바가 아니다. 칼을 쥐고 느긋하게 색연필을 깎는 로맨틱한 감성은 손수건을 가지고 다니는 남자와 마찬가지로 지구상에서 거의 자취를 찾아볼 수 없을 지경이다. 이런 걸 생각하는 것만으로도 이 착한 색연필들은 한숨이 나오는 걸 참을 수가 없다. 민심, 아니 '필심筆心'이 흉흉하다. 색연필 가문의 어르신은 키가 작은 초록색 할아버지다. 내가 도면에 온통 풀밭을 그리느라 그를 빈번히 사용했기 때문에 일찍이 키가 줄어들었다. 초록색 색연필을 자주 깎다보니 이 어르신에게 가장 먼저 골다공증이 생겼다. 그래도 그가 맡은 캐릭터가 제일 중요하므로 초록색 할아버지 어르신의 말에 가장 무게가 실린다. 가문의 중요한 일을 결정하는 것은 모두 그의 몫이다. 어르신은 내 옷자락을 잡아끌고 가문의 걱정거리가 있는 현장에 데려가는데, 평소에 별로 인사도 잘 안 하던 다헤이(大黑, 검정색 색연필의 의인화. 키가 크고 볼품없이 생긴 사람이라는 의미도 있음)와 샤오바이(小白, 흰색 색연필의 의인화. 미소년, 기생오라비의 의미도 있음)도 그 행렬에 합류했다. 다헤이와 샤오바이의 성격이 괴팍해 보이지만 실은 수줍음이 많아서 그런 거다. 이 둘은 마치 일제강점기를 겪은 뒤쌍(多桑, 대만의 영화배우 우녠전이 감독한 영화의 제목이자 남자 주인공)처럼 조심스럽고 자신의 감정과 생각을 잘 드러내지 않는다. 하나는 검정색이고 다른 하나는 흰색이라서 둘은 달의 빛나는 부분과 어두운 부분처럼 나뉘어 하루 종일 마주치는 일이 없어 교류하지 않으니 조용하며, 내가 가장 드물게 사용하는 색깔들이어서 키가 제일 크고 허리도 가장 꼿꼿하다.

예술과 문학을 선호하고 자신의 소신과 취향이 뚜렷한데, 문학청년처럼 가냘픈 체격이라고 우습게 보면 안 된다. 열을 받으면 뜻밖에 아주 고집이 세고 단단해진다. 나는 마치 표류하다 소인국 릴리풋에 도착한 걸리버가 꽁 꽁 묶인 것처럼 끌려간다. 해병의 상징인 짙은 파란색, 파란색, 옅은 파란색과 감청색이 맨 앞으로 나서서 길을 터준다. 평소에 가장 원기 왕성했던 그들이 구령을 외치니 감격도 두 배. 나는 그림을 늘 맑고 싱싱하게 만들어주는 파란색 계열을 사용하여 하늘과 연못을 그리고 발레리노의 푸른 눈을 그리기도 한다. 따뜻한 오렌지색 계열의 색상이 성격이 가장 온화하며, 대열의 맨 뒤에서 속삭이는 말투로 이야기를 나누는 그들의 모습은 마치 치파오旗袍를 입은 상하이 아가씨처럼 느껴진다. 이 청순한 숙녀들이 가장 열일했던 때는 아마도 반 고흐의 해바라기 꽃밭에서의 그 오후였겠지.

다음으로 빼놓지 않고 언급해야 할 대상은 빨간색 여제사장이다. 마티스 할아버지의 수염을 타오르는 붉은 색으로 염색해준 그분은 고갱을 도와 타히티의 소녀에게 노을보다 더 요염한 치마를 만들어주었다. 여제사장은 푸르른 뱃사람들의 어깨 위에 앉아 하늘을 우러러 머리를 쳐들고 비제의 〈카르멘 조곡〉을 부른다. 빨간색과 푸른색이 서로에게 보색이 되어 피카소에게 애인 마리 테레즈 월터(피카소의 그림 〈책을 든 여인〉의 모델이 된 피카소의 네 번째 여인)를 그리게 해준다. 그림 속에서 감자튀김처럼 생긴 손가락으로 책 한 권을 들고 있는 바로 그 여인. 소란스러운 인파를 헤치고 우리는 중요한 사건 현장에 도착했다. 이때, 분명히 조금 전까지도 있었던 신비의 '듣보잡 손님'이 말도 없이 사라져버린 것을 알고 모두들 놀라 외마디 소리를 질렀다. 아무도 그 까닭을 몰랐다. 그가 떠나는 모습을 본 사람도 없고, 그가 움직인 흔적조차 없으니 너무도 무서운 일이었다. 초조하고 불안하여 웅성거리는 가운데 '어머나! 그를 찾았어'라고 외치는 상하이 아가씨의 요염한 목소리가 들렸다.

고개를 돌려 뒤쪽을 보니, 오후가 되면 서쪽 창문으로 드는 햇빛이 벽에 걸린 괘종시계 유리에 비스듬하게 비치고 있었다. 괘종시계 유리에 반사된 빛은 도면 한구석에 사각형의 빛 그림자를 드리우는 중이었다. 이 사각형의 빛 그림자는 방금 네모난 도면의 중심에 위치해서 도면 전체를 비추다가 시간이 지남에 따라 슬그머니 구석으로 물러난 것이 분명했다. 정답이 나왔다! 색연필 형제자매님들을 불안하게 만들었던 '듣보잡 손님'은 바로 빛의 형제들이 모든 색채를 하나로 모아 만든 '자연광natural light'이었던 것이다.

사람과 사물 사이에는 지배와 피지배의 관계만 존재하는 게 아닐지도 모른다. 사물에 생명을 부여하고 조용히 그 사물들과 공간의 대화를 귀 기울여 들으면 그것에 마음이 기울고 두근거리는 기분이 되어, 마침내는 최종적으로 완성한 창작물을 감상하는 것 못지않을 것이다.

건축인

———

건축인들에게는 각기 다양한 스타일이 있으며, 그에 따른 독특하고도 달콤한 매력과 특유의 쌉싸름한 슬픔이 있다.

　　내 친구인 라오쉬는 베이징의 CCTV(중국중앙텔레비전) 본부 건물을 설계한 건축계의 유명 스타인 렘 콜하스(Rem Koolhaas, 1944~ 네덜란드의 건축가. '건축계의 노벨상'으로 통하는 프리츠커상을 2000년 수상함)와 닮았다. 콜하스가 날씬한 몸매에 항상 검은색의 옷을 입은 모습은 라오쉬와 똑같다. 라오쉬는 담배를 중지와 약지 사이에 끼우고 피우는 걸 좋아한다. 담배 소각 의식은 담배를 피울 때 엄지를 제외한 네 개의 긴 손가락 중 기다란 두 손가락 한가운데에 끼우고 피워야, 벽난로에 들어가 강렬한 불로 온몸을 태우는 마른장작과도 같은 담배의 고독과 유쾌함을 느낄 수 있다며, 콜하스도 그랬을지 모른다고 했다. 라오쉬는 겉늙어 보이는 얼굴이어서 30년 전이나 지금이나 그 모습이 별반 다르지 않다. 일찍이 침착하고 차분하게 성장한 노회한 건축인이다. 건축에 대한 열정과 포부를 이야기하며 힘든 길을 걷는 그의 모습을 보면 충치가 생긴 이로 초콜릿을 먹는 것처럼 살짝 아프면서 달콤하다.

라오쉬를 만날 때마다 나는 그가 몇 세기 동안 잠들지 못한 검은 옷의 무속인처럼 보인다는 생각을 한다. 다크서클이 짙게 내려앉은 눈가, 온갖 풍상을 다 겪고 연륜을 덧입힌 얼굴, 피곤에 찌든 몸. 그런데도 그는 꼿꼿한 태도로 자신의 작품에 대한 이야기를 한다. 잠꼬대로 들릴 법한 실없는 소리들이 여기저기서 끊임없이 불빛이 어른거리듯 내 앞에 펼쳐지는데, 이성적인 흰색에 이어 곧바로 낭만적인 반 고흐의 해바라기꽃처럼 변하고 그다음에는 가쓰시카 호쿠사이(1760~1849, 일본 에도시대의 우키요에 화가)의 판화에 등장하는 파도처럼 부서진다. 형형한 그의 눈빛은 마치 온 도시를 덮어씌우고 있는 지루한 미학의 그물망을 찢어버릴 것처럼 보인다. 고개를 들어 햇빛을 가린 거대한 건물을 바라볼 때 그의 얼굴에 떠오르는 차가운 표정을 보면 콜하스의 사진 한 장이 생각난다. 그 사진 속의 콜하스도 위를 향해 고개를 들고 있는데, 그가 바라보고 있는 건 지붕들 틈새로 스며드는 빛줄기였다. 아마도 이렇게 앙각(仰角, 낮은 곳에서 높은 곳에 있는 목표물을 올려다볼 때, 시선과 지평선이 이루는 각도) 45도의 포즈가 건축인에게 특별히 어울리는 자세인가 보다. 스위스 태생의 프랑스 건축가 르 코르뷔지에(Le Corbusier, 1887~1965), 미국의 건축가 프랭크 로이드 라이트(Frank Lloyd Wright, 1867~1959)에서 동양의 안도 다다오(安藤忠雄, 1941~), 프리츠커상Pritzker Architectural Prize을 수상한 일본의 건축가 이토 도요(伊東豊雄, 1943~)에 이르기까지 이 자세로 그들만의 빛과 이야기를 나눴고, 그 모습들은 건축사의 페이지마다 흑백사진으로 기록되어 모든 건축 영웅은 제각각 불멸의 존재로 남아 있다.

어렸을 때부터 클래식 피아노를 배운 라오쉬는 원래의 예상대로였다면 연주 무대에서 늠름한 자태로 빛나는 백마 탄 왕자로 성장할 참이었는데, 자신이 원하는 대로 할 수 있는 용기를 가르치는 건축과로 진학한 이후 백마 탄 왕자의 특성은 철저히 해체되고 반골로 자라 완전히 새로운 탕아로 거듭났다. 프린지(fringe, 비주류, 가장자리, 변두리의 의미)가 있는 음악을 좋아하기 시작했고, 무슨 일이건 소홀히 하지 않고 꼼꼼하게 처리하던 성격에도 프린지가 생겨났다. 부드러워서 마음 가는 대로 찢을 수 있는 티슈페이퍼 같기도 하고, 쩌렁쩌렁 울리며 은쟁반 위를 구르는 쇠구슬처럼 보이기도 한다.

때로는 폭포수처럼, 때로는 빙산처럼 보이기도 한다. 나는 그에게서 끊임없이 진화하고 흘러가는 생명력을 보았고, 설계 가능성을 탐구할 때의 석상과도 같은 의연한 정신력도 느낀다. 이를 드러내고 발톱을 치켜세운 음표들도 이 낯선 건축가의 손에서는 평행선밖에 없는 오선지 악보의 선을 초월한 지 오래다. 나는 늘 그의 건축 작품에서 그윽하면서도 난삽, 모호한 음악을 들을 수 있다. 또한 그의 남다른 피아노 소리에서는 무너지고 또다시 일어서는 거대한 탑이 보인다.

15년 전 라오쉬는 새롭게 거듭나 계속 발전해야 한다는 커다란 소명의식을 지니고 중국으로 건너갔다. 대륙의 거대한 스케일이 그에게 더 높은 이상과 감회를 느끼게 해주었다고 한다. 최근 몇 년 사이 중국 건축계는 매우 활발한 움직임을 보이며 왕성하게 발전하기 시작해 세계적인 거장들의 솜씨를 비교하는 무대로 변모했다. 이를 지켜보면서 나는 석상과도 같은 나의 친구에게 더 큰 기대를 걸게 되었다. 여러 해 동안 서로 만나지 못하던 중 작년에 내가 상하이에 출장을 갔을 때 비로소 그를 다시 만날 기회가 생겼다. 건축 분야를 떠나지 않고 버티던 라오쉬가 그동안 열기가 식을 줄 모르는 도시 개

발 계획 분야에 뛰어들어 구매해둔 토지로 이제 도시의 부동산 재벌이 되었다는 사실을 나는 그때서야 알았다. 다시 만나던 그날 밤, 라오쉬는 한 병에 400만 원짜리 와인을 따고, 대포처럼 굵직해서 '체 게바라'가 피웠을 법한 시가를 피우며 나오는 느낌이 좀 다른 건축인으로서의 감흥을 나누었다. 예전과 다름없이 중지와 약지 사이에서 모락모락 오르는 연기를 앞에 두고 거대한 시가 뒤로 보이는 통통해진 몸매의 '콜하스'가 갑자기 '도널드 트럼프'로 보이는 듯한 착각에 빠졌다.

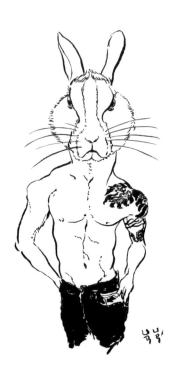

38

긴 시간 동안 잘해오던 일에서 벗어나 봐야 비로소
자기 자신과 그 역할의 진정한 의미를 깨닫고 서로 이해하게 된다.

자기가 지은 집에 노크하고 들어가기

———

집을 설계하는 과정은 출산 과정과도 같다. 초반에 콘셉트 플래닝을 하고 설계의 개념을 옮겨 심는 것에서부터 시작하여, 매일매일 어린 생명이 창작자의 자궁에서 안전하게 성장하기를 바라며, 중간중간 불가피하게 설계 방향을 변경하는 경우를 앞두고는 감정적 진통을 겪기 마련이다. 심혈을 기울여 드디어 도면을 완성해서 설계안을 제시하고 집이 다 지어질 즈음에는 그때까지 지니고 있던 부모의 마음과는 또 다른 부모의 심정이 된다. 특히 건물을 준공하고 새로운 집주인을 맞이할 때면 딸을 시집보내는 것 같은 아까운 마음과 더불어, 자신이 손수 지은 집에서 손님이 되어버리는 것 같은 느낌이 들어 쓸쓸하기 그지없다. 문장에서 주어 역할을 하다가 목적어로 전환되는 기분이랄까. 그래서 건축가는 작품마다 한 번씩은 반드시 손님처럼 문을 노크하고 들어가 자신의 작업을 되돌아보는 것을 배워야 한다.

다행히도 나는 개업 이후 지금까지 각 집의 '사돈'들과 아주 즐겁게 지내고 있으며, 고심해서 열심히 키운 딸들은 시집을 간 후에도 시부모님의 사랑과 보살핌을 잘 받고 있다. 이 일을 하면서 덕분에 좋은 인연들이 하나둘 이어져 건축주들과 좋은 친구가 되었다. 건축가와 건축주의 관계는 우정을 넘어서는 일종의 '초超' 우정적인 존재인가 보다! 생판 모르는 낯선 이방인들이 만나자마자 서로의 집과 생존 방식에 대한 견해를 교환해야 한다. 어쩌다 이야기가 잘 풀리기라도 하면 어린 시절의 기억, 어렸을 때의 꿈, 처음으로 사랑의 맛을 본 청춘의 화양연화, 심지어는 세상만사 산전수전 다 겪어본 결혼 생활의 달콤함과 쓸쓸함에 대해서도 털어놓게 될지도 모른다. 설계 도면의 선 하나에도 마음의 연약한 부분이 움직이고, 그림 하나에도 삶에 대한 간절한 그리움을 그리게 되는 이런 친밀한 관계는 서로의 존재를 알아본다는 춘추시대 주나라의 백락伯樂과 천리마千里馬 두 당사자의 관계를 넘어 그 가족들 간의 연결로까지 이어지는 경우가 허다하다.

몇 년 전 시내에 '사랑과 나무'가 자라는 '집'을 콘셉트로 한 아파트를 설계했다. 위로 솟은 이 아파트에 식물을 가까이 두어, 초록색이 넘쳐흐르는 수직의 주거 공간이 생겼으면 좋겠다 싶어서였다. 건축물에 집과 자연생태를 조화, 융합하는 콘셉트를 부여하여 꽃과 나무를 사랑하는 거주자들을 불러 모으려는 것이 설계의 취지였다. 대단지 규모는 아니었지만, 보통의 공동주택에 비해 옥외 공간과 녹지 공간을 더 많이 확보할 수 있도록 최대한 고려하여 계획을 수립해나갔다. 평범하고 단순한 최초의 아이디어를 잘 살려 아름다운 환경을 실현하고자 했던 설계팀과 공사팀의 노력으로 드디어 도심 속에 치유와 위로의 느낌을 주는 작은 공간을, 생활 공간에 상상을 더하여 한 층씩 쌓아 올린 기하학적인 느낌의 공간을 만들어낼 수 있었다. 아파트가 완공됐을 때 주택건설사, 시공사, 설계자에 이르기까지 모두들 눈앞의 성과에 환호하며, 공간을 활용한 설계와 조형 미학에 찬사를 보냈다. 하지만 당시 내가 느꼈던 건 마치 딸을 갓 시집보낸 아버지와도 같은, 뭔가 2퍼센트 부족한 듯 허전하면서도 말로는 설명할 수 없는 이상한 감정이었다.

말로는 설명할 수 없었던 이상한 감정을 나는 건물 완공 후 일시적으로 밀려오는 허무함 정도로 치부하고는 아주 작게 접어 마음의 작은 서랍 속에 넣어두었다. 완공 후 일 년여의 시간이 지난 어느 날, 그 골목을 지나는데 길 옆 담장의 나무 그림자가 마치 그 아파트 좀 한 번 살펴보고 가라고 나를 불러들이는 것처럼 느껴졌다. 그래서 나는 손님 노릇을 하는 심정으로, 내 앞에서 앞장을 서듯 날아가던 그 동네의 새 몇 마리를 따라 그 아파트에 당도했다. 아파트 입구 대문 앞 1층 높이의 나뭇가지 위의 새둥지가 먼저 나의 눈길을 잡아끌었다. 고개를 들어 나무 위의 더 높은 가지들을 올려다보니 2층 베란다의 물푸레나무와 백일홍이 보였다. 3층 베란다에는 남방배롱나무와 구아바베리(브라질 포도나무)가 있고, 4층에서는 옆으로 펼쳐져 작은 정원을 이룬 등나무 덩굴과 초록 이끼가 함께 돌담을 타고 풋풋한 모습으로 뻗어 올라가고 있었다. 아파트 앞에 서서 하염없이 위를 올려다보던 나는 드디어 일 년 전에 내가 부족하다고 느꼈던 마음의 퍼즐 한 조각을 찾았다. 그건 바로 입주민들이 들어와 살아가면서 남기는 주거의 궤적과 그 공간에서 생겨나는 삶의 흔적 그리고 하나씩 하나씩 무리를 지어 파릇파릇 자라는 초록 식물들과 햇살이었다. 시집보낸 내 딸은 성숙한 여인이 되었다.

나는 익숙하다고 생각했던 그 모든 장소들에 손님처럼 가서 문을 노크하는 걸 좋아한다. 문이 열릴 때 미지의 나 자신과 만나게 되기를 기대한다. 나는 내가 이런 건축가라는 사실이 좋다.

내가 설계한 집이 점차 성숙한 모습으로 변모하는 걸 보니
마치 과거의 또 다른 나와 데이트를 하는 것 같았다.
시기별로 각기 다른 단계에 속했던 내 영혼의 조각들을 뒤돌아보고
이런 풍경들을 한 권의 일기로 묶어, 나이가 들었을 때
젊은 날의 일기를 안주 삼아 술잔을 기울이면
젊은 시절에는 몰랐던 자신을 보게 될 것이다.

건축 현장은 동물원

길을 가다 건축 현장을 보게 되면 잠깐 멈춰서게 된다.

"구경할 건가요?"

"네."

직업병이라거나 투철한 직업의식이 있어서가 아니라, 내 눈에는 그 건축 현장들 하나하나가 모두 동물원으로 보이기 때문이다. 내부를 들여다보면 마치 그림책을 한 페이지씩 넘겨보는 기분이고, 〈동물의 왕국〉 다큐를 한 편씩 시청하는 것 같다.

건축 현장은 어느 한 지역을 둘러싼 철제 울타리 하나로 도시의 다른 지역과 완전히 구분, 밀폐되는 작은 생태계이다. 독특한 진화의 리듬에 따라 움직이는 먹이 사슬, 야만스러운 결을 지닌 걸걸하고 소탈한 문화가 존재한다. 그리하여 동물의 사육제와도 같은 풍경을 만들어낸다.

건축가로 일하면서 나는 재미있는 대부분의 상상의 소재를 모두 기묘한 동물원 같은 건축 현장에서 얻었다. 이 즐거움 덕분에 오랜 시간이 흐른 뒤

나도 이성적으로 사유하는 야생동물로 진화했다. 가끔은 기어가거나 뛰어오르기도 하면서, 또 가끔은 사냥감을 쫓다가 사냥꾼에게 쫓기기도 했다. 청나라의 작가 심복(沈復, 1763~1822, 자전적 소설 『부생육기』를 썼다)이 만일 타임머신을 타고 건축 현장까지 나를 찾아와 이야기를 나누었다면 나는 분명 『부생육기浮生六記』 6장 뒤에 「건축 현장에서의 기발한 생각」이라는 제목으로 제7장을 추가하도록 그를 설득할 수 있었을 텐데.

『알리바바와 40인의 도적』에 등장할 것 같은 신비로운 문이 천천히 열릴 때면 건축 현장의 모래와 먼지가 흩날려 온 하늘에 가득 찬다. 그 희뿌연 구름과 안개 사이로 불안한 듯 비틀거리는 거대한 형체가 모습을 살짝 드러낸다. 그리고 그 모습은 언제나 사냥감 급식을 받으려고 단체로 나타나 줄을 서서 기다리는 티라노사우루스처럼 보인다. 포효하면서 입으로는 회녹색 액체를 토해내는데, 사냥감들이 그 액체를 뒤집어쓰면 메두사의 얼굴을 쳐다보는 순간 부지불식간에 온몸이 굳어 조각상이 된 뱃사람처럼 돌로 굳어버린다. 그들은 '레미콘'이다. 나타나지 않을 땐 코빼기 하나도 안 보이지만, 나타날 때면 항상 무리를 지어 번갈아 가며 등장한다. 공사판 동물원 맹수들 중에서도 우두머리급에 속하는 종류이다. 줄곧 끊임없이 돌아가고 있는 그 맹수의 몸체를 보면서 나는 할머니로 분장한 늑대가 빨간 모자를 삼키는 장면을 천진난만하게 계속 상상한다. 대체 그 늑대 속에는 몇 명의 빨간 모자가 들어갔을까.

우두머리 옆에는 항상 그의 놀잇감이 되는 신하가 있다. 신하들의 태도는 언제나 부드럽고 몸가짐을 절제하는 듯 보이지만 실제로 속을 들여다보면 그리 온화하고 착하기만 한 건 아니다. 맹수의 왕인 사자가 고개를 돌려 뒤를 돌아볼 때면 순종적인 듯 보이던 하이에나가 순간 맹렬하게 사냥감을 덮친다. 사양하는 기색도 없이. 하이에나와도 같은 이 신하는 바로 불도저다. 건강한 몸집에 날랜 움직임의 노란색 불도저(정말이지 노란색 말고는 아직 다른 색을 본 적이 없다)가 흙을 밀고, 돌을 밀고, 잡초를 밀고, 폐기물을 밀어낸다. 모든 걸 다 밀어낼 수 있다. 아무거나 물고 뜯고, 무엇이든 다 먹어치우는 게 하나도 이상하지 않다! 전후좌우, 위로 아래로, 하이에나가 지나가는 곳은 아무것도 남지 않고 평탄하게 평정된다.

그다음은 모든 생물학적 종種의 커뮤니티에 반드시 존재하는 무골호인이다. 가장 큰 덩치를 지녔음에도 가장 온순한 초식성의 어리바리하신 큰형님들. 쥐라기 출신으로 한가롭게 잎새를 뜯고 있는 브론토사우루스는 화를 내지 않는 성격의 침착한 아저씨 같으며, 늘 목을 길게 빼고 낮은 소리로 노래를 부른다. 자신의 그림자보다도 느리게 초원 위를 걸으며 오후 내내 꼼짝 않고 서 있어야 하는 경우에도 짜증을 내지 않는다. 그들은 바로 크레인이다. 머리는 늘 구름 위쪽에 머물고 있어서 얼굴표정을 읽기가 어렵다. 모든 공사장의 높은 하늘에서 비밀이 몰래 전해지고 있는 것 같은데, 진실은 오로지 브론토사우루스 아저씨만이 알고 있으리.

또 한 분의 형님에 대한 이야기를 해야겠다. 그의 역할은 매우 중요하지만 성격이 아주 수줍고 쑥스러움이 많은 편이다. 우리 동물원에서 가장 내성적이고 자신감이 없어 보이는 나무늘보 형님이 바로 그분이다. 잘생기지는 않았지만 구수한 성격에, 사실 깨끗한 걸 제일 좋아하는데도 늘 더럽게 느껴진다는 말을 자주 듣는다. 친구들이 많이 찾아오지만 매번 두어 마디 이야기를 나눠보고는 얼른 떠나고 싶어한다. 그렇다, 이 무표정한 남성은 바로 공사장에 있는 이동식 화장실이다. 언제나 조용히 구석에서 사람들의 걱정거리를 들어주면서도 말 못할 외로움을 묵묵히 감내한다.

나는 언제나 도시에 한두 개씩 있는 동물원에서 논다. 걷거나 뛰거나 벽체가 없는 엘리베이터를 타고, '미완성'이라고 부르는 커다란 집의 몸체 위아래를 오르내린다. 마치 그 집의 식도와 위장 안에서 수영을 하는 것 같기도 하고, 그 몸체 위에 설치된 비계飛階 사이를 날아다니며 나날이 자라나는 것 같기도 하다. 그리고 저녁노을이 질 때 동물원을 나와 '도시'라는 이름의 더 큰 동물원으로 들어간다.

도시 전체가 하나의 큰 동물원이다. 커다란 원 안에 수없는 작은 원이 있다. 그 생태계에는 먹이 사슬도 있고, 애완동물 사슬도 있고, 경멸 사슬도, 숭배 사슬도 있다. 사회 공동체는 우리에게 안전감을 제공하지만, 때로는 우리의 존재감을 잠식하기도 한다. 이런 것이 바로 사람에게 미련을 남기고 초조하게 만드는 '도시'의 매력일지도 모른다.

석재 공장의 양밍춘샤오

———

석재 공장도 때로는 문화와 예술의 공간이 된다. 새로운 설계안에 필요한 대리석을 고르려고 처음으로 석재 공장에 갔다. 함께 간 건축주는 온 얼굴에 수염이 가득한 중년 버전의 장다첸(張大千, 1889~1983. 중국 쓰촨성 출신의 유명한 대만 화가)처럼 생긴 기업가였다. 그의 아들도 동행했는데 아들 역시 소년 버전의 장다첸처럼 용모가 수려했다. 그날 하루 종일 나는 기분이 너무나 좋았고, 화롄花蓮으로 가는 기차에서 창밖으로 보이는 경치는 온통 먹물을 뿌려서 그린 산수화처럼 매우 웅장하고 아름다웠다.

드디어 석재 공장 입구에 도착했고, 경비원이 공손한 인사와 함께 우리를 접객용 로비로 인도했다. 입구와 로비 사이에는 너른 야외 공간이 있고, 거친 원석들이 산더미처럼 끝없이 그곳에 쌓여 있었다. 마치 창세기 초부터 그곳에 존재하고 있었던 듯했다. 원석들 하나하나가 거의 사람 셋의 키를 합친 것만큼 컸다. 자연스럽고 소박해 보이는 원석들의 표정은 제각각이어서 마치 수만 년을 지나온 시간들이 겹쳐 쌓인 지각 절단면의 결을 보고 있는 것 같았다. 그 사이를 오가다 보면 공룡화석을 발견하는 것도 가능한 일이지 싶었다.

걸어도 걸어도 길은 영원히 끝나지 않을 것 같았다. 경계가 어디에 있는지 모를 정도로 넓은 공간이어서가 아니라, 내 옆에 원석들이 높은 산골짜기처럼 펼쳐져 있어 강남원림(江南園林, 중국의 이름난 개인 정원 대부분이 장강 일대, 즉 강남지역에 조성되어 있어 강남의 정원을 으뜸으로 평가함)에 들어선 듯한 느낌을 받았기 때문이다. 이렇게 긴장감이 꽉 찬 공간에 조심성 없이 들어선 토끼처럼 되어버리다니. 원석들은 굳이 인상을 쓰지 않아도 절로 위엄이 있는 표정을 지녀 금강역사金剛力士라도 만난 듯한 경외감을 자아냈다. 이런 정교함은 오로지 유구한 시간만이 만들어 낼 수 있는 법. 대관원(大觀園, 소설 『홍루몽』에 등장하는 가공의 중국 정원)에 들어가 구경을 마친 사람들이 드디어 접객용 로비에 도착했다.

나를 맞아줄 것으로 예상했던 안내자는 캡틴 아메리카처럼 우람한 체격의 사내대장부, 아니면 황비홍처럼 험준한 산골짜기에서 신출귀몰하며 담을 날아서 넘는 쿵후의 대가로 보이는 용맹한 남자였다. 그런데 예상 밖으로 수려한 외모의 아가씨가 나왔다. 아까 들어오면서 보았던 벽에 걸린 대리석 모자이크의 청명상하도(淸明上河圖, 중국 고대 회화 걸작품) 그림 속에서 걸어 나온 규중처녀로 착각할 뻔했다. 차분한 발걸음으로 다가와 우리에게 인사할 때, 그녀의 걸음 걷는 모양새와 박자에서 양밍춘샤오(陽明春曉, 대만 양밍산의 아름다운 봄 경치를 묘사한 중국 악곡) 악곡의 아름다운 피리 소리가 들리는 것 같았다. 이제라도 곧 돌을 주제로 한 시를 한 수 읊거나, 운율의 높낮이에 맞춰 대리석에 대한 설명을 진행할 태세로 보였다. 그녀의 이름은 '임대옥(林黛

玉, 소설 『홍루몽』의 여자주인공 1)'이거나 '설보채(薛寶釵, 소설 『홍루몽』의 여자주인공 2)'가 아닐까, 라고 혼자 마음속으로 추측해 보았다. 고개를 돌려 뒤를 돌아보니 마치 고향의 옛 친구를 머나먼 타지에서 만나기라도 한 듯 웃고 있는 두 명의 장다첸이 보였다.

곧이어 그녀는 아까보다 더 넓은 공간으로 우리를 안내했는데, 그곳은 천장이 있는 작업장이었다. 지붕은 '녹색의 거인' 헐크를 다섯 명쯤 잇대어 올릴 수 있을 정도로 높았고, 로마에 르네상스 문화를 한 번 더 부흥시킬 수 있을 만큼의 엄청난 대리석들이 쌓여 있었다. 돌덩이들을 한 번 가공해서 자르고 질서 있게 늘어놓은 이곳은 마치 거대한 책으로 가득한 도서관처럼 보였다. 세상 어디에도 없을 특이한 무늬의 석재를 찾는다고 해도 여기에는 다 있을 것 같았다. 이집트에서 중동, 이탈리아, 인도, 중국에 이르기까지 각국의 산지에서 온 이 돌책石冊들을 다 읽는다면 지구 문명의 절반은 섭렵하는 셈이다.

가장 절묘하게 느껴졌던 건 석재 공장의 주인이 이들 돌덩이 예술품에 이름을 지어줬다는 사실이었다. 돌에 붙여준 이름을 보니 그 문학적인 재능은 서양의 셰익스피어와 동양의 나쓰메 소세키의 글에 비견할 만했다. 더 믿기지 않는 사실은 그곳에 '나쓰메 소세키'라는 이름을 붙인 돌이 정말로 있었다는 것! 게다가 나쓰메 소세키옹은 바로 '셰익스피어'라는 이름의 돌 옆에 있었다. 호기심과 찬탄의 눈으로 원석들을 보던 우리 일행의 눈에 또다시 이런 이름들이 들어왔다. '윈저 공작', '비너스', '오필리아', '신데렐라' …. 우리가 정말 양밍춘샤오에 와 있는 듯 감동의 뜨거운 눈물이 차오른다. 마음속에 떠오르는 온갖 생각들을 드러낼 수 있는 시적인 정취와 아름다움이 가득한 곳

이었고, 이렇게 커다란 돌덩어리를 문학적으로 표현해주니 감동하지 않을
수가 없었다. 두 명의 장다첸이 더욱 환하게 웃고 있는 모습이 보였다…….

　풍성한 고대 문명 여행이 끝나기 전에 석재 공장의 사장과 사장 부인이
등장했다. 사장은 『모란정』(중국 명나라 탕현조가 남송을 배경으로 지은 희곡)의
남주인공 유몽매柳夢梅와 닮았고, 그 옆에는 바로 여주인공 두여랑杜麗娘이
있었다. 두 분이 아주 정중하게 다가와 우리에게 송별 인사를 건넸다. 스러
지는 석양 노을과 함께, 나와 장다첸 부자 일행은 곤곡(崑曲, 명나라 16세기 말
부터 성행한 중국 연극. 19세기 초 청나라의 경극에 눌려 점차 쇠퇴)의 낭만적인 리
듬에 잠겨 타이베이로 돌아오는 기차를 탔다. 창문 밖의 풍경은 여전히 먹물
을 뿌린 자국이 아직 마르지 않은, 산수화 기법으로 그린 그림 같았다.

논설문을 봐야겠다는 마음으로 글을 읽기 시작했는데
뜻밖에도 시를 한 편 감상하게 되는 경우가 있다.
진실한 풍경은 여러 사람들의 말로 전해지는
이러저러한 뜬구름 같은 이야기보다는
우리의 따뜻한 마음과 약간의 유머 감각을 지닌 눈 속에 있다.

꽃미남 건축 일기

———

나와 함께 나이 들어가는, 그리고 젊은 날의 미야자와 리에를 좋아했던 아저씨들이라면 〈협주곡〉(기무라 다쿠야, 미야자와 리에, 다무라 마사카즈 주연의 TBS 10부작 일본 드라마)이라는 일본 드라마를 기억하겠지. 이 드라마가 기억에 남는 건 미야자와 리에가 너무나 사랑스러워서가 아니라, 모처럼 건축가 캐릭터가 중요한 역할로 등장했기 때문이다. 내가 생각하는 이 드라마의 키포인트는 드라마에서 건축가의 모습이 매우 짜임새 있고 생생하게 그려지고 있다는 점이다. 현실의 권력에 맞서 대항할 때의 열정적이고 길들여지지 않는 성격을 지닌 젊은 남자 주인공, 그리고 세속적이지 않으면서도 성숙하고 매력적인 중년남성 에비사와 고스케(海老澤耕介, 1996년 TBS에서 방영한 10부작 드라마) 선생의 배역이 멋졌다. 나는 건축가라면 이 정도는 매력적으로 보여야 한다고 생각한다.

그 드라마를 처음 봤던 때는 10여 년 전이었다. 당시의 나는 이상과 열정에 불타는 만큼 그와 동등한 농도의 고민과 불안으로 가득 찬 젊은 건축가였다. 대형 건축사 사무소에서 근무했던 나는 사장으로부터 긍정적인 평가를 받기 위해 야근하느라 자주 밤을 새웠고, 사장이 나의 도면을 보고 무심코 눈살을 찌푸리기라도 하면 한동안 낙담하곤 했다. 다름이 아니라, 사장은 당시에 내 마음속의 에비사와 선생이었고(드라마에서 자주 눈살을 찌푸리기는 하지만 너무 멋있는 건축의 대가), 내 마음의 롤모델이며, 내가 사회에 처음 진출하여 경험도 없고 아무것도 모를 때 동경했던 꽃미남 건축가의 대표 주자였기 때문이다.

그 유리로 된 빌딩에서 근무하던 때의 내 마음이 아직도 기억난다. 고층 빌딩의 유리창 앞에 서서 멀리 보이는 도시를 눈에 담을 때마다 나는 도시의 꼭대기에 서서 매일매일 위대한 사건에 참여하고 있다고 느꼈다. 내 자리는 에비사와 선생과 멀지 않은 곳에 있었다. 100명도 넘는 규모의 건축사 사무소에서 이렇게 가까운 위치에서 밀착 학습할 기회가 주어졌다는 사실이 젊은 내게는 너무도 흥분되면서도 두려운 일이었다. 에비사와 선생의 걸음걸이는 여유가 있으며 가벼운데, 언제나 도면을 그리는 일에 몰두하고 있던 내게는 매번 그가 구름을 타고 오는 것 같았다. 내 자리 둘레의 공간이 어떤 강력한 장력에 의해 순식간에 팽창 우주처럼 공기의 절반쯤이 빠져나간 듯 희박하게 느껴지면 그때서야 나는 정신을 차리고 일어나 공손하게 명령을 기다렸다. 신이 내려주실 깨달음의 말씀을 기다리는 신도처럼. 이때 에비사와 선생은 여유 있게 앉아 우아하게 그의 녹색 만년필을 꺼내 내가 그린 도면을 수정해주었다. 슈퍼 카처럼 위풍당당한 그 녹색 만년필은 나중에 절판이 되고, 생산을 중지했다. 다행히도 나는 당시에 바로 가서 한 개 샀고, 아직도 나의 최애 작업 도구 중의 하나다. 그리고 내가 설계를 할 때마다 느리게 생각할 때, 그 생각이 정리되어 빠르게 그려야 할 때가 언제인지 수시로 나를 일깨워준다.

　그 시절 가장 기억에 남는 일은 에비사와 선생과 함께 건축주에게 브리핑을 할 때였다. 브리핑 전날이면 나는 도면을 완성하느라 매번 밤잠을 설치며 야근을 하고, 출발 직전에야 간신히 일을 끝내는 게 징크스처럼 되어 있었다. 그러고는 피곤한 기색도 없이 방금 충전한 산소 탱크처럼 회의 내내 늠름하게 참여했다. 젊어서 그럴 수 있었던 것만은 아니었다. 사장을 따라서 브리핑에 참석할 수 있는 기회들 하나하나를 새로운 도시의 역사에 참여하는 것으로 생각했기에 그렇게 피가 들끓는 듯 소중한 시간에는 눈을 깜빡이는 것조차 아까워서 그랬던 거였다. 누군가를 믿고 따르게 하는 건 사람을 쉽게 감동시키는 연설만이 아니다. 에비사와 선생의 심오하고도 우아한 말들은 그 자리에 있는 모든 사람을 잡아끄는 초인적인 매력을 발휘하여 우리 후배들이 오체투지五體投地라도 하고 싶어질 정도로 감탄하게 만든다.

　건축가의 매력은 견식이 깊고 높은 건 물론, 아마도 '기氣'가 있어야 할 것 같다. 여러 해가 지난 지금까지도 나는 건축가로 일을 하면서 좌절하거나 길 잃은 아이처럼 방황할 때마다 그 드라마를 다시 보면서 그때의 미야자와 리에를 그리워하고, 젊은 시절에 내가 숭배했던 대상, 그리고 세상과 쉽사리 타협하지 않으려 했던 나의 마음을 뒤돌아본다. 현실의 에비사와 선생은 내가 아저씨가 된 지금에도 나와 함께 늙어가기는커녕, 오히려 국제적으로 영향력 있는 건축계 남신男神이 되었다. 역시 열정이 하나도 식지 않은 건축혼建築魂이야말로 청춘을 돌려받을 수 있는 만병통치 특효약!

현재 자신이 하고 있는 일에 집중하는
일상의 한 장면 또 한 장면을
매력적인 풍경으로 만드는 것이야말로
직장인의 새로운 작업 철학이다.

잔꾀 부리기

———

설계를 하다 때로 벽에 부딪힌 듯하면 아무도 모르는 신비스러운 곳, 경치가 빼어나게 아름다운 곳에 뛰어들어 탐험하고 싶을 때가 있다. 가장 좋은 곳은 요괴가 가득한 공간이며, 심지어 공간 자체가 하나의 커다란 요괴라면 더 좋겠다. 하지만 걱정은 마시라. 내가 말하는 요괴는 공포영화에서처럼 신체 장기가 이리저리 널을 뛰는 장면, 혹은 ISIS 테러 분자들이 저지르는 것 같은, 우리가 짐작하는 그런 건 아니다. 키보드로 설명을 입력하는 것조차 이렇게 섬뜩한데, 건축가가 이렇게까지 자학할 필요는 없지.

　내가 말하려는 건 문틈이나 천장, 혹은 공기 중에 형체를 설명할 수 없는 신기하고 이상한 빛이 갑자기 나타나기도 하고, 기발하고 남다른 생각들이 시각적인 논리와 일상적인 경험에 근거하지 않은 괴기한 형태로 나타나기도 한다는 것. 연애시를 낭독할 줄 아는 독일 바퀴벌레일 수도 있고, 힙합을 할 줄 아는 화이트보드 지우개일 수도 있으며, 혹은 시곗바늘이 거꾸로 돌면서도 당당하게 벽에 걸려 있는 괘종시계일 수도 있다. 상상 가능한 사물, 혹은 예상 밖의 사물들이 모두 구조 해체, 재편을 거쳐 새로운 생명을 부여받아서 마치 '트랜스포머Transformers'에서 가전제품과 쇠붙이들이 기이한 에너지를 흡수하면 펄펄 날고뛰는 로봇이 되는 것처럼, 하나둘씩 내 눈앞에 나타나서 나를 미치고 펄쩍 뛰게 해주어 야근 시간을 한때의 즐거운 추억으로 만들어 준다.

가장 많이 소환한 것이 동물의 몸을 지닌 중년 남자 요괴 시리즈다. 지금의 내 나이와는 무관하게, 대학생 시절 설계 수업을 듣던 때부터 중년 남자의 후後 사춘기 갈등과 전립선 문제로 곤란을 겪는 일에 호기심이 강했기 때문이다. 앞만 보고 가기에는 너무 늦고 뒤만 돌아보기에는 너무 이른, 그런 어색한 기분은 미야자키 하야오가 만든 〈센과 치히로의 행방불명〉에 등장하는 가오나시의 캐릭터와 비슷하다. 강하게 보이지만 때로는 나약하며, 잘난 척하고 자신의 생각에 집착하지만, 사람들로 하여금 동정심을 불러일으키기도 하니까. 요괴 문화계 최고의 남자 주인공이라고 불러도 될 만큼 그는 비범한 영감을 내게 아주 많이 하사했다.

그다음은 컴퓨터 스크린에서 기어 나오는, 인간의 언어를 쓰는 생물 시리즈다. 그 원형은 다름 아닌 야마무라 사다코(山村貞子, 일본 영화 〈링〉에 등장하는 귀신). 거실의 TV 스크린에서 시작, 컴퓨터 스크린으로 진화하고, 심지어는 모바일 액정화면으로까지 숨어들어 신호가 잡히기만 하면 활기차게 움직일 수 있다. 이 자매님은 영원히 18세 미만으로 보이지만, 전적으로 18세 이상 성인의 취향을 만족시킨다. 때로는 용처럼 크고 가끔은 벌레처럼 작을 때도 있으며, 중요한 건 등뼈가 없는 포유류 가운데 가장 관능적이며 문학적인 체형이라는 점이다. 그녀가 나타날 때는 공기 중에 늘 하이쿠를 읊는 것 같은 마성의 멜로디가 세트로 따라다니고, 그럴 때마다 나는 등뼈가 있다는 사실을 잊고 저절로 함께 춤을 추게 된다. 신기하고 이상한 빛이 번득이며 나타날 때까지, 생각이 막힌 부분이 뚫릴 때까지 한바탕 격하게 기뻐하다가 정신을 차리고 보니 스크린의 요염한 그 사다코는 알고 보니 어떤 AV 여배우였다.

내가 세 번째로 애정하는 요괴는 사람을 놀리는 요괴의 집이다. 땅에서 볼 수 있는 이 요괴는 특히 건축가를 놀라게 하는 걸 좋아한다. 언젠가 한번은 무리를 지어 붙어 다니는 터우톈(透天, 지진에 대비하여 집과 집 사이의 공간을 붙여 짓는 대만의 독특한 주거 형태 및 주택 양식으로 한 가정에서 하나의 건물을 통째로 사용한다) 주택 요괴를 우연히 만났는데, 요괴들이 하나같이 무표정한 얼굴로 함부로 지껄이거나 웃지 않고 근엄했다. 게다가 모두 똑같이 생겼다. 똑같은 유리 기와 지붕의 헤어 스타일에 앞가르마의 비율이 이상하고, 이마에는 로마시대의 기둥머리를 굳이 끼워 넣었다. 가장 공포스러운 것은 키도 크지 않은 그들이 허리선에 신경을 많이 쓰고, 술병으로 만든 난간처럼 생긴 허리띠를 두르고 있다는 것. 온몸의 메이크업 베이스로는 벽돌을 사용하고, 굵직한 화강암으로 아치형 눈썹을 한, 기타노 다케시 주연 영화의 냉혹한 야쿠자 보스들처럼 보이는 요괴들이 내 눈앞에 죽 늘어서 있고, 그런 분위기에서 짜내는 블랙 코미디는 매번 나를 기쁨으로 가득 채운다.

혹시 나의 창작 과정이 이다지도 어렵게 뒤엉켜 있어 이해하기 어렵다고 생각할지도 모르지만, 벽에 부딪힌 불쌍한 사람은 정상이 아닌 상태이니 어차피 난해하지 않겠는가? 어쩌면 아무개 작가는 원고지의 네모 칸들 사이를 고민하며 기어오르다 구두점에 걸려 이마를 바닥에 부딪고 코피를 미친 듯 내뿜고 있을지도 모른다. 어쩌면 골목 어귀에서 앵두나무를 필사적으로 들이받고 있는 저 애송이 총각은 감정의 포로가 되어 그 실마리를 끊어내려고 저러고 있는 것일지도 모른다. 어쩌면 혹시, 아마도 그저 어떤 평범한 날의 점심시간에 무엇을 어디서 먹을지 결정하기 어려워 나뭇잎점을 보듯 자신의 눈썹을 다 뽑아버리는 건축가여!

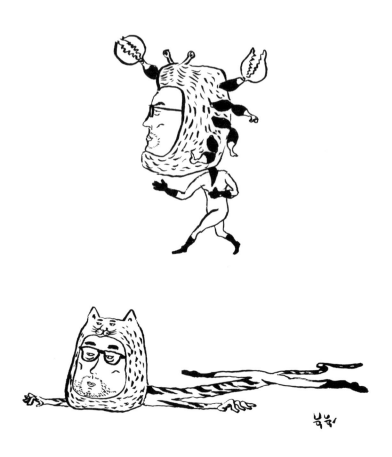

살아가면서 노력해도 어쩔 수 없는 일들이 있다.

실제로 내가 상상할 수 있는 요괴나 마귀들이 내게는 아무 짓도 할 수 없다.

오히려 보이지 않고 만질 수 없는, 뼛속을 근질근질하게 만드는 간지러움처럼

당황스럽게도 아무리 잡고 싶어도 잡지 못하는, 웃는 게 웃는 게 아니면서

시고 떫고 무어라 묘사할 수 없는 '자구이자과이(假鬼假怪, 잔꾀를 부려

사람을 기만하는 행동)'들이 나를 웃고 울게 만든다.

숙성

'숙성'은 탄생과 죽음 사이에 존재하는, 우리의 일생에서 가장 '아름다운 쉼표'이다. '숙성' 안에서 우리는 영생을 만나게 되는데 그 '아름다운 쉼표'는 살아가는 동안 아무런 생각 없이 무심코 뒤를 돌아다보는 순간에 발견된다.

어느 날 친구의 사무실에 놀러 갔는데 밖의 베란다에서 *쨱쨱 깍깍 조잘대는* 소리가 들려 문을 열어봤더니 새 몇 마리가 나와 마찬가지로 이곳에 와서 놀고 있었다. 친구가 여기로 이사온 지 얼마 안 됐을 때 베란다가 허전한 것 같아 남천과 부겐빌레아를 베란다 양옆에 하나씩 데려다 놓았다고 했다. 원예라는 게 도시에서 가장 비도시적인 일이지만, 사무실에 녹색을 더하고 싶었기에 화초를 위해 흙 위에 구슬땀을 흘려도 전혀 힘들지 않더란다.

하루가 다르게 자라던 화초는 작은 나무가 되고 베란다에는 작은 숲이 나타났다. 하루는 어찌된 일인지는 몰라도 까치 두 마리가 날아와 잠시 머물렀다. 아마도 새로 등장한 이 작은 생태계를 위해 와준 모양인데, 막상 날아와서는 귀엣말로 소곤거리며 마치 주택을 분양받으러 온 손님들처럼 이리저리 품평을 했다.

어떤 물건에 대해 이러쿵저러쿵하는 사람이 바로 그 물건을 사는 사람이라는 말이 있다. 새와 친한 친구 사이라면 시끄럽게 해도 신경을 쓰지 않는법. 다음 날부터 내 친구는 작은 나무 옆에 찻물과 새 모이를 준비하고 이 귀한 손님들을 모실 준비를 해놓았다.

뜻밖에도 새들은 다음 날, 그 다음 날, 심지어는 매일같이 찾아왔을 뿐만 아니라 친구들까지 불러 매일 대여섯 마리가 찾아와 중산층의 가족처럼 우아하고 조신한 몸가짐을 보인다고 했다. 이런 감동적인 스토리로 발전하게 된 사연을 한쪽에서 듣고 있던 나는 장난기가 발동해서, 이 비행 손님들에게 베란다의 '리틀 포레스트'에 작은 새집을 만들어주기로 결정했다. 이 인류와 조류 사이의 '종種을 초월한 우정'에 아름다운 주석을 남기려는 것이다.

떠오르는 생각을 마음껏 스케치하기 시작했다. 새의 모습과 날아오르고 내려앉는 자세, 심지어는 어미 새가 아기 새에게 먹이를 먹여주는 장면도 그려 넣어 설계의 단서로 삼으려고 쟁여두었다. 새들의 식습관과 사회성은 어떠한지도 유심히 관찰했다. 가능하다면 그들과 페친이라도 맺고 싶었다. 새집의 기능적인 측면에서부터 스타일링까지, 식수 및 모이를 먹고 휴식하는 공간에 대한 니즈를 충족하고 온화한 마음을 길러주는 미학적 요소까지, 우리 인간들이 누리는 여유는 새들도 누릴 수 있어야 한다. 새의 언어를 구사할 줄 안다면 반드시 그 건축주들을 위해 성의가 충만한 브리핑을 준비할 텐데. 흐뭇한 마음으로 설계도를 완성한 후 즉시 일류 시공팀을 찾아 곧바로 공사에 들어갔다. 새집의 주재료는 업계 용어로 '검은 철'이라고 부르는, 도금을 하지 않은 쇠를 사용했다. 이런 재료는 시적 정취가 한껏 가득하여 시간의 세례를 받게 되면 점차 쇠의 표면에 녹이 슬어가면서 미려한 녹색 외관을 계속 유지하게 된다. 녹과 쇠는 마치 소울메이트처럼 이 미니멀한 건물의 영원불멸을 인증하게 되겠지.

몇 주 동안의 주도면밀한 시공 과정을 거쳐 구름 한 점 없이 맑은 어느 날 오후에 꿩 한 마리 크기의 앙증맞은 집이 완공되었다. 가늘고 긴 두 개의 철물 받침대 위에 서 있는 새집은 언뜻 보면 1.5미터 높이에서 춤추는 선녀를 조각한 작품 같았다. 작은 나무 옆에 잇대어 서 있는 한가롭고 편안한 모습에 보고 있는 내가 다 부러울 지경이었다.

친구와 나는 새친구들이 새집에 얼른 입주하기를 진심으로 기다리기 시작했다. 즐거운 웃음소리와 새집을 가득 채울 행복한 광경을 학수고대하며. 새집에 준비할 온갖 산해진미와 맛난 음료들은 하나도 빠지면 안 된다. 건축가의 마음 씀씀이와 두터운 정에 건축주가 공감해주기를 얼마나 간절하게 바랐던지, 새들이 새집에서 노래 부르는 소리가 조금만 들려도 흐뭇할 것 같았다.

하루, 이틀, 그러고도 여러 날들을 기다렸지만 무슨 일인지 새들은 나타나지 않았다. 일주일이 지나고 우리가 베란다에 새를 찾는 광고를 내려고 할 즈음 새들이 나타났다! 한 마리, 두 마리, 얼마 지나지 않아 다장조 음계로 노래하는 일곱 마리 새 소리가 잇따라 들렸다. 새들은 자기가 늘 가던 작은 나무에 내려앉았다. 내가 만들어준 집에는 눈길도 한 번 주지 않았다. 내가 아무리 눈물을 머금고 다정하게 호소해도, 한 번 열을 받아서 오지 않겠다고 일단 마음먹으면 절대 오지 않는 완고한 지식인처럼 우리의 새 형님들은 조류 종족의 자존심을 걸고 무언가 그들의 참된 라이프 스타일을 주장하고 있었다. 그때 문득 커다란 깨달음이 왔다. 진정 무지했던 건 자기 스스로를 옳다고 여긴 나 같은 독선적인 인간이었다는 사실을. 전문가랍시고 오만한 생각으로 그들의 행복과 즐거움을 정의하다니. 이 여름날 오후, 나는 새들로부터 가르침을 한 수 받았다.

새들은 그 후에도 매일매일 베란다에 찾아와 놀았고, 그 작은 집을 거들떠보지도 않는 것 또한 여전했다. 내 친구와 나는 이미 그 일을 마음에 담아두지 않았다. 그냥 새집을 가만히 베란다에 놓아두는 것만으로도 아름다운 풍경이 되었다. 그러던 어느 날 친구가 모바일로 방금 찍은 사진을 한 장 보내주었다. 사진 속에는 새집 위에 떨어진 담벼락의 나뭇잎이 녹슬어가는 새집에 흔적을 남겼고, 그 온화하고 다정한 흔적에 그 주위를 떠돌던 공기의 마음까지 흔들고 있는 것 같았다. 시간의 흐름 속에 녹과 함께 새집에 한 편의 시처럼 새겨진 나뭇잎의 잎맥이 만든 '아름다운 쉼표' 덕분에 나는 '숙성'을 배우게 되었고, 내가 그 작은 새집을 지을 때의 초심初心이 마침내 이제야 그 의미를 얻었다.

내가 무심코 뒤를 돌아다본 순간, 세월은 나에게 또 하나의 가르침을 주었다.

기술적인 면에서 결함이나 부족함이 없음을 성숙成熟이라고 한다면,
정신적인 면에서도 그렇게 되어야 숙성熟成이라고 할 수 있다.
커피 만드는 방법을 배워서 잘할 수 있게 되는 것은 '성숙'이고,
어떻게 하면 더 좋은 커피를 만들 수 있을까 생각하는 마음이야말로 '숙성'이다.

30분짜리 여행

―――

나는 놀라서 눈을 크게 뜨고 말을 잇지 못하는 건축주에게 천천히 설명을 한다. 거실에서 침실까지 걸어가는 데 30분이나 걸리는 집을 설계한 이유가 무엇인지에 대하여.

'당신이 나무로 된 거실문을 밀어 열고 3미터 너비의 포치porch를 지나가 내리쬐는 햇살을 받으며 두 손 두 발 쭈욱 뻗고 잠든, '잠들고 싶지 않아'라는 이름의 고양이를 살살 쓰다듬어주고, 그러고는 계단을 오르기 전에 창문 옆 바닥에 있는 부레옥잠 물항아리에 손가락을 넣고 세 번쯤 물을 튕겨준 다음, 계단을 오를 때는 아이를 위해 심어둔 보리수나무 다섯 그루를 돌아서 가야 하는데, 세 번째 나무를 지나갈 때, 다른 계단의 3배쯤 넓은 계단참에 있는 책담書牆과 터키에서 데려온 스툴이 함께 있어, 당신은 그저 아무 생각 없이 스툴에 앉아 파블로 네루다의 시를 두 편 읽고, 그리고 웃으면서 일어나 바흐 무반주 악곡에 맞춰 커다랗게 기지개를 켜고 마지막으로 계단 몇 개를 올라, 창을 열면 나무 끝까지 손이 닿게 만든 창문을 연다. 새 둥지가 안녕한지

확인하고 싶어서. 각기 다른 각도에서 새 둥지를 바라볼 수 있는 작은 창문들 세 개에서 잇달아 관찰을 하고, 침실의 문을 열면, 초침이 이미 30바퀴를 돌아 30분이 되고 당신은 집 안에서 작은 여행을 완성하게 된다.'

나의 설명이 끝나자 순간 정적이 흐른 다음, 건축주가 웃으며 나의 제안을 받아들였다.

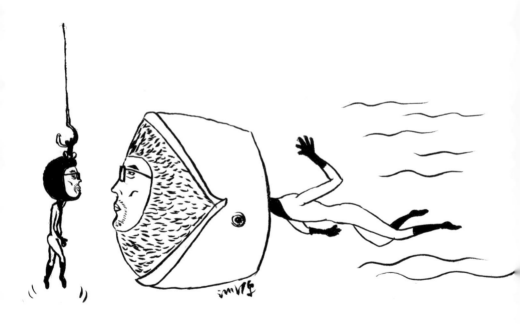

집 안에 풍경을 끌어들이면 주거는 더욱 깊은 의미를 지니게 된다.
그렇게 되면 있는 그대로의 삶이 매 순간 도자기처럼 고요하게,
도자기에 그려져 있는 고양이처럼 생동감이 넘치게 된다.
끊임없이 이어지는 여행은 '다른 곳'이 아닌,
흐트러지지 않는 우리의 마음속에 있다.

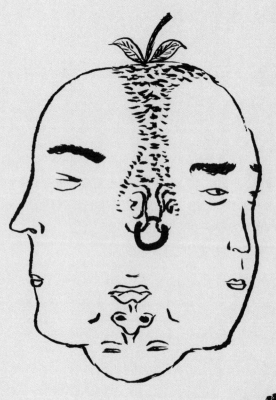

씨방이 두 개 있는 사과

쌍으로 짝을 이루는 게 정치적으로 올바르다고 말하려는 건 아니다. 다들 잘 알고 있다시피, 두 눈으로 세상을 보면 거리감을 알 수 있고, 두 귀는 소리를 듣고 균형감각을 느낄 수 있으며, 열 받는 일이 있을 때 두 개의 콧구멍으로 씩씩거리며 함께 콧김을 내뿜게 되면 더욱 정의감에 불타게 된다. 그런데 그렇게 균형잡힌 얼굴에 입은 왜 하나밖에 없는지 묻지 마시라. 시시비비를 가리는 출입구(口)는 열 개를 달아줘도 모자랄 것 같아서 그런 거 아닐까. 그러니 차라리 한 개로 먹고 마시면서 세상이 시끄러우면 입을 다물고 마음이나 가다듬자. 어차피 쌍으로 진화하지 않은 것에는 다 일리가 있는 거다. 이런 것에 신경 쓰지 말자.

그럼, 씨방이 두 개 있는 사과가 더 달콤할까? 아니면 더 스타일리시한 건가? 그건 나도 모른다. 그런데 핵심이 두 개 있는 아파트에서 사는 게 비교적 더 느낌이 있다는 건 알고 있다. 다음 글에서는 내가 잘 숙성된 집 한 채를 가상의 절단면으로 잘라 보여주면서 자세하게 설명해보려고 한다.

먼저, 첫 번째 핵심을 나는 '아이 중심'이라고 부른다. 어떤 나무를 기점으로 해서 상상력과 백일몽을 길의 이정표로 삼고, 어린이의 눈높이로 시점을 낮춰 조절하면 가족들이 상대방과 이야기를 하고 있을 때 딱 눈앞에 와서 멈춘 곤충과 새를 만날 수 있게 된다. 이 설명이 조금 추상적으로 들린다면, 내가 다른 말로 바꾸어 표현해보겠다. 당신이 아파트의 문을 열고 집에 들어갔을 때 TV와 소파가 아니라 나무 그림자가 드리워진 커다란 베란다가 처음 눈에 들어온다고 상상해보라. 엘리베이터로 끌고 올라온 자전거를 벤치 옆에 여유롭게 세워두고, 역시 커다란 개집에 있는 세인트버나드와 인사를 나누며 앉아서 흙이 묻은 장화를 벗는다. 당신은 장화를 닦을 수 있고 개도 함께 목욕시킬 수 있는 세면실을 손쉽게 찾을 수 있다. 나무 옆에 아들과 딸의 자전거가 세워진 것을 보고, 가족들이 이미 베란다의 다른 쪽에서 당신과 함께 식사하려고 기다리고 있다는 걸 알게 된다.

나는 지금 별장이나 산장에서의 생활을 묘사하고 있는 것이 아니다. 이것이 바로 내가 생각하기에 도시의 아파트에 살기에 적합한 호흡 공간과 생활 리듬이다. 집은 몸과 마음이 거주하는 곳이라, 몸이 들어갈 방이 있다면 마음에는 벽이 없는 방이 필요하다. 방의 가재도구가 햇빛, 공기, 식물과 물이라면, 그 핵심에 있는 보물은 바로 가족들의 웃음이다. 토마토 달걀 볶음에서 달걀과 토마토가 똑같이 중요하다면, 왜 거실만큼 커다란 베란다가 있으면 안 되는 걸까!

다른 핵심을 나는 '여성 중심'이라고 부른다. 이곳은 정해진 장소를 기점으로 해서 시계 방향으로 뻗어나간다. 온 가족이 함께 이야기를 나누고 빨래도 말릴 수 있는 베란다, 그 베란다 옆에는 엄마의 마음을 든든하게 해주는 수납장이 있고, 그 안에는 아이들의 라켓과 인라인 스케이트가 정리되어 있다. 그리고 재활용품 분리수거함도 그 옆자리에 섭섭지 않게 청결한 모습으로 앉아 있다. 이곳과 부엌 사이에는 여러 종류의 향신채와 바질을 키울 수 있는 작은 화분들 , 화분을 올려 키울 수 있는 철사로 엮어 만든 선반들이 있어 필요할 때 공짜로 갖다 쓸 수 있는 인심 좋은 작은 시장 같다.

한 바퀴를 돌아 드디어 다시 처음의 기점에 와 있다. 실내를 감도는 부드러운 빛과 여유로운 분위기 속에 바닐라 향기가 떠돌고, 아침의 식탁에 오르는 빵과 아이가 반쯤 마신 주스도 보인다. 이곳에는 작은 원목 테이블, 그 위에 놓인 조그마한 테이블 스탠드, 버지니아 울프의 책『자기만의 방』한 권, 그리고 한 잔의 차가 놓여 있다. 그렇다, 여기는 바로 이 집의 두 번째 서재이며 여주인의 개인 공간이다. 가족들의 행복은 모두 이 핵심, '여성 중심'에서 나온 것이다.

마지막으로 남성 동지들이여, 아이와 여성은 있는데 왜 '남성 중심'이 없는지는 묻지 마시라. 이렇게 말해보면 어떨까. 이미 시대에 뒤떨어진 그런 하찮은 이야기는 접어두고 일을 마친 남성들은 집에 돌아오면 그냥 첫째 아들로 회춘하는 걸로!

집은 삶의 절단면을 보여주는 존재다.

시고 떫은 것에서 달콤한 것까지, 가로 방향으로 자른 사과의 절단면과 같다.

혹시 사과를 가로 방향으로 직접 갈라서 주의 깊게 살펴본 적이 있는가.

과육이 탐스러운가의 문제는 일단 접어두고, 사랑의 결실인 씨방이 없다면

겉으로 보기에는 그럴듯하지만 맛이 없는 가짜 사과일 뿐이다!

작은 집

———

도시는 여럿이 무리 지어 살기에 적합하고, 달팽이처럼 작은 집에 살기에도
알맞다.

　　아내의 장례식을 치르고 나서 7일 후 라오장은 반평생을 근무했던 건축
사 사무소에서 퇴직을 했다. 라오장은 성깔이라고는 없이, 타고난 성품 그대
로 자연스럽게 나이 들어가는 남자였다. 스물일곱 살에 건축사 사무소에 입
사했을 때부터의 그 모습 그대로. 둥그스름한 배와 통통한 얼굴을 한, 전형
적인 '예스 맨'으로서의 외양은 기실 뼛속에서부터 우러난 본래의 선량한 그
의 모습이었던 거다. 이야기를 할 때면 그가 그려내는 윤곽선처럼 절대적으
로 안정된, 기복 없이 언제나 깔끔하고 정확한 0.1밀리미터 두께의 목소리
로 말한다. 늘 카키색 바지에 화이트 셔츠를 입고, 제도용 펜은 언제나 셔츠
호주머니에서 보초 근무를 선다. 도수 높은 근시용 렌즈의 검정색 뿔테 안경
을 쓰고 있어 항상 흐릿해 보이는 얼굴, 책상에 세상의 종말이 올 때까지도
완성할 수 없을 도면들이 수북이 쌓여 있어도 언제나 웃음이 떠나지 않는 입

매. 그런데 이번에는 라오장이 정말 지쳤나보다. 대학교에 진학할 때는 어쩌다 보니 건축학과에 입학을 하게 되었고, 아주 뛰어난 학생은 아니었지만 성적은 나쁘지 않아서 매 학기 끄떡없이 패스할 정도의 수준을 유지했던 라오장. 그는 정해진 기준에서 벗어나지 않으며, 주위에 민폐를 끼치는 일도 없어 사람들 눈에 잘 띄지 않는, '중급'에 속하는 좋은 학생이었다. 결국 학창 시절부터 줄곧 그와 함께했던 '중급'이라는 꼬리표는 이후에 그가 중급 좋은 남편, 중급 좋은 아빠, 중급 좋은 건축가가 될 때까지 따라붙었다. 늘 바빠서 일에 파묻혀 살던 그는 중급 좋은 건축가이면서 동시에 최고 좋은 남편과 최고 좋은 아빠가 되기는 어렵다고 말했다.

아내와 관련된 일이 마무리되자 두 아이도 잇따라 미국 대도시 두 곳의 건축사 사무소로 돌아갔다. 홀로 남은 라오장이 타이베이 교외에 있는 자신의 큰 집을 둘러보며 서 있는데, 갑자기 집 안의 모든 벽과 가구들이 무척이나 멀게만 느껴졌다. 마치 한 번도 와 본 적이 없는 공간에 와 있는 듯한 낯섦이었다. 분명히 매일 식사를 하고 신문을 읽고 TV를 보던 장소였는데도 익숙한 느낌이라고는 전혀 찾을 수가 없었다. 여러 해 전 어떤 선배가 이야기했던 '부재'라는 단어가 떠올랐다. 이 집에 살게 된 뒤부터 계속 바빴던 라오장은 늘 부재했던 남자 주인공이었던 거다.

그는 큰 집을 팔고 시내의 작은 집으로 이사를 가기로 했다.

다행히 공원에서 가깝고 엘리베이터가 있는 오래된 아파트를 찾았다. 라오장처럼 원만하게 나이 들어 보이는 오래된 건축 양식의 아파트였고, 1층 앞에 있는 나이 든 보리수나무까지 셈에 넣어 이 집을 사람으로 친다면 정말 괜찮은 사람이라고 할 수 있겠다.

라오장의 새집은 아주 적당하다. 거실의 소파 자리에는 커다란 제도용 책상이 있고 그 앞에는 대형 TV가 있다. 집 그리기를 좋아하는 자신을 견제하기 위한 것임이 분명하다. 실은 제도용 책상은 그저 오래된 습관이라 끊을 수 없게 된 가구일 뿐, 라오장의 나이 든 눈은 이미 노안이 되어 집의 윤곽선밖에 그릴 수 없게 될 정도로 흐려졌다. 식당에는 식탁 하나와 의자 두 개를 놓으니 딱 좋았다. 부엌으로 들어가는 통로는 그 뚱뚱한 남자 하나가 지나가기에 안성맞춤이다. 뚱뚱한 남자는 작은 침실에 일부러 2인용 킹사이즈 침대를 들여 문을 여닫을 공간만 남겨 두었다. 옷장도 필요 없고 어차피 카키색 바지와 화이트 셔츠는 자리를 많이 차지하지도 않으며, 그림을 그리는 거실도 옷방이 될 수 있기 때문이다. 이런 것들은 공간 계획이나 설계라고 할 것도 없고, 단지 일상적인 삶에 대한 이해일 뿐이다. 그리하여 이 건축가는 자신의 '건축가'적 아이덴티티를 자신의 집에서는 부재중인 것으로 처리하기로 했고, 그렇게 해서 참된 삶을 살아가기 위한 공부도 시작했다.

집안일을 하면서 늘 허둥대던 라오장은 스스로 빨래를 하고, 말리고, 다림질을 하고, 옷을 수납하게 되면서 자신이 공간 설계학을 제대로 이해해본 적이 없었다는 사실을 깨달았다. 혼자서 장을 보고, 재료를 씻고, 자르고, 조리해서 식탁에 요리를 올리게 되어서야 예전에 자신이 고집했던 부엌의 미학에 대한 집착이 황당한 것임을 알게 되었다. 진공청소기로 바닥의 먼지를 빨아들이고, 닦고, 자신의 쓰레기를 버리게 된 이후에야 참된 삶을 다시 공부해야 한다는 걸 납득하게 된 것이다. 퇴직한 이 건축가는 이렇게 자기의 공간 설계학에 대한 지식을 제로로 돌려, 제로베이스에서 '살아가는' 느낌을 제대로 맛보게 되었다. 건축가의 '아집'이 없을 때 건축의 진정한 의미가 살아난다. 그래야 삶이 본래의 모습을 되찾게 되고, 주인공이 집에 '부재'하지 않게 되는, 즉 집주인이 존재하는 집이 된다. 그리하여 라오장의 몸은 이 작은 집의 공간을 인식하고, 한쪽의 크기에 따라 다른 한쪽의 크기가 결정되는 함수관계처럼, 서로에게 딱 들어맞는 크기의 공간을 찾아 깃들었다. 비록 10평 남짓한 작은 집이지만, 집의 모든 의미가 충실하게 담겨 있다.

　단 하나, 웃을 수도 울 수도 없는 문제는 이 남자가 결국 혼자 살게 되고 나서야 어떻게 하면 하나의 '가족'이 될 수 있는지를 배우기 시작했다는 것.

도시의 라이프 스타일은 매우 다양하며,
저마다 삶의 애환과 고충이 있다.
실제로 거주하면서 체감해봐야 알 수 있다.
마치 물을 마셔봐야 그 차갑고 따뜻함을 저절로 아는 것과 같다.
여럿이 살든 혼자 살든, 즐거움의 유무가 포인트는 아니다.
중요한 건 당신이 라이프 스타일을 선택했는지, 아니면
라이프 스타일이 당신을 선택했는가의 문제이다.

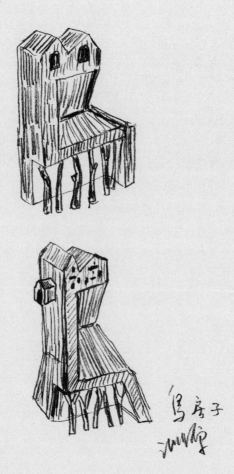

马房子

맞춤하게 작은

몇 년 전, 산속에 짓게 될 집의 설계를 의뢰받은 적이 있었다. 집터가 넓지는 않지만 환상적인 뷰가 펼쳐지는 곳이었다. 그 땅의 주인은 커피와 건축을 좋아하며, 서로를 사랑하고, 자신들의 아이를 사랑하는 젊은 부부였다. 그들은 산에서의 삶에 대한 꿈을 담은 편지 한 장에 요점을 적어 설계를 부탁하면서 내가 재량껏 자유롭게 일할 수 있게 해줬다. 요점인즉, 집이 크지 않아도 꿈만 충분히 꾸면 된다는 거였다.

나는 그 종이에 적혀 있는 꿈을 해석하고, 단계별로 앞으로 나아가며 그들이 필요로 하는 공간을 도면에 그려 넣기 시작했다. 나는 건축사 사무소 개업 후 지금까지 나 자신을 '꿈을 잡는' 사람이라고 늘 생각해왔다. 건축주들의 꿈속을 날아다니며 아름답고 멋진 생활의 장면들을 하나하나 포착하는 사람. 그 꿈들 속에는 사랑을 묘사하는 시와 천진난만함을 그린 그림책도 있고, 나이가 들어 고향으로 돌아가는 감흥과 세상의 일에서 멀리 떠나 혼자 살게 되어 느끼는 허무도 들어 있었다. 나는 땅의 인연을 따라 이 꿈의 새싹

들을 땅에 심어 꽃이 피고 열매 맺기를 꿈꾼다. 집이 완공되면 늘 그랬듯 나는 아쉬운 마음으로 떠나야 하겠지만, 집주인의 행복을 함께 나눌 수 있다는 게 건축가로서의 내가 가장 커다란 기쁨을 느끼는 순간이다.

드디어 건축주의 꿈을 공간으로 구현하여 방을 한 칸씩 들여앉히고 집의 대략적인 윤곽을 잡은 설계도와 함께, 기쁨에 겨운 마음으로 건축주와 약속을 잡아 이야기를 나눴다. 나의 설계도를 본 건축주는 예상대로 기대에 부풀어 흥분하기 시작. 나는 그들을 데리고 설계 도면 속으로 들어갔다. 입구부터 복도를 지나 거실, 식당과 방을 둘러보고 측면에 그림이 가득 걸린 큰 계단을 오르고, 계단 위 천창에서 쏟아지는 달빛을 받으며 2층에 있는 주 침실에 도착한다. 시야를 가로막는 것이 아무것도 없어 바깥 경치가 잘 보이는 커다란 창문을 통해 먼 산골짜기 위에 있는 단풍나무 숲을 한눈에 볼 수 있다. 아름다운 풍경에 만족한 후, 바로 옆의 별빛 목욕탕으로 들어간다. 아름답고 조용한 곳에서 신선처럼 사는 삶에 무엇이 더 필요하겠나. 그런데 문제는 내가 이 건물에 필요한 집 면적을 건축주 가족에게 알려주고 나서야 그들이 생각하고 있던 예산보다 많이 초과했다는 걸 알게 됐다. 꿈과 현실이 충돌하는 난감한 상황에 직면하여, 어쩔 수 없이 건축주와 함께 욕망의 수위를 조정하고, 건축가인 나는 그들이 다이어트를 할 수 있도록 도왔다. 일주일 후 건축주가 두 번째 편지를 전해왔다. 종이에 기록된 건 더욱 단순해진 살림과 변하지 않은 꿈이었다. 이 가족의 건축 열정이 현실 여건 때문에 냉각되지 않는 대신, 생활 속에서 '뺄셈의 철학'을 실천하는 걸 보니 정말이지 기쁘고 즐거웠다. 그들의 깨우침이 나의 용기를 북돋웠고, 건축주의 꿈의 냄비를 달구어 줄 땔감을 더 많이 넣기 위해 노력하겠다는 결심도 했다.

내가 최초에 구상했던 집을 해체하고, 다시금 풍부한 상상력을 발휘하여 2층으로 설계했던 구조를 한 층으로 몰고, 마루의 높낮이를 달리하여 고·저로 차원을 달리하는 생활공간 지도를 다시 그렸다. 침실은 텐트가 되기도 하며, 석양을 탐사하는 찻집이 될 수도 있다. 거실을 구분 짓는 벽을 없애 실내는 오픈 공간이 되고, 넓은 베란다의 녹색 공기와 푸른 하늘의 햇살이 들어오게 한다. 사라졌던 거실은 몸집을 불려 더 넓은 면적으로 설계도에 자리를 잡고, 거기에 커다란 테이블을 배치해서 일상을 함께하는 카페로 변신한다.

작지만 남들이 부러워할 정도의 집이라면, 이런 집은 보통의 집을 넘어, 단순히 거주하는 곳 이상의 의미를 지닌 집이 될 거라는 사실을 건축주는 알고 있었다. 이리하여 우리는 높은 기대 속에 설계를 결정하고 착공에 들어갔다. 이상한 나라에 가는 앨리스처럼 나는 매주 낯선 산에 올라가 이 소중한 아이를 보살펴주기 시작했다. 기초 공사가 끝나기를 기다려 골조를 세우고 벽과 지붕이 차츰차츰 마무리되면서, 그 2D의 평면 공간에 머물던 꿈이 드디어 3D, 4D, 5D, 6D의 환상적인 공간으로 자라났다. 철철 넘쳐나는 쾌락의 차원, 만족의 차원, 그리고 새들의 차원.

이번에는 '꿈을 잡는' 건축가 노릇만 했던 게 아니라 재봉사 역할도 도맡았다. 건축주가 '욕망이라는 이름의 옷감' 길이를 짧게 줄였지만, 내가 그들을 도와 더 큰 옷을 한 벌 지어주었기 때문이다. 그래서 집은 작아졌어도 그 안에 더 많은 가능성들을 수용할 수 있었다. 거기에는 더 많이 흘러 들어오는 공기, 더욱 자연스럽게 들리는 웃음소리와 틀에 박힌 삶에서 벗어난 감동이 있었다. 우리는 함께 '뺄셈의 철학' 수업을 받았고, 맞춤하게 '작은' 집 안에서 무한대의 아름다움을 체험했다.

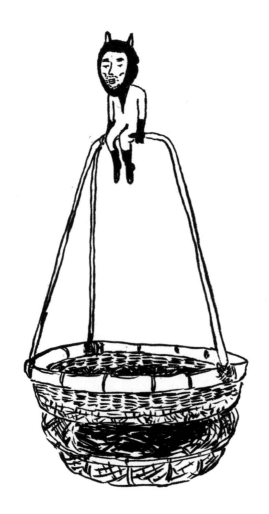

분재 화분 하나에 사계절이 넘치지 않게 담길 수 있고,
시 한 수에 평성平聲·상성上聲·거성去聲·입성入聲의 4성을
딱 맞게 넣어 지을 수 있다. 한 칸짜리 차방茶房에서
'금기서화'(琴棋書畫, 거문고를 타고 바둑을 두며 글씨를 쓰고
그림을 그리는 등 옛 문인들의 고상한 도락)가 가능하며,
침대 하나에 '생로병사'의 모든 것이 다 있다. 문제는 크기가 아니라,
맞춤하게 잘 들어맞는지가 요점이다.

미래 소년

중년에 접어든 이후, 나는 어떻게 하면 '미래 소년 코난'이 될 수 있는지 알아보기 시작했다. 지난날의 이 소년은 그림 그리기를 무척 좋아했다. 창우 주택(한 채의 건물에 칸을 막아 여러 가구가 각각 독립해서 살 수 있도록 수평 방향으로 길게 만든 집합주택) 에 살던 시기에는 집의 긴 복도 양쪽 벽에 그림을 그리는 걸 좋아했다. 그 몇 년 동안 나는 항상 물고기의 옆모습을 그려서, 콘크리트벽에는 온통 뚱뚱한 물고기, 날씬한 물고기, 아저씨 물고기, 소녀 물고기, 여름의 물고기, 겨울의 물고기, 기뻐하는 물고기와 슬퍼하는 물고기들이 가득했다. 집안 어른들은 내가 흰 벽을 지저분하게 만드는데도 막지 않으셨다. 유치원에 다닐 때는 강박적으로 온 바다의 물고기를 다 그려놓고는, 밤이면 벽에 있는 물고기들이 나를 잡으러 올까 무서워서 물고기를 잘 먹지 못했다. 돌 위에 앉아 있는 인어가 되는 꿈을 꾸기도 했는데, 머리는 물고기에 몸통은 사람이었을 뿐만 아니라 몸통에는 영양분이 가득했다. 놀라 꿈에서 깨어난 후에도 거울을 들여다보기가 꺼려졌고, 입안에 기포가 들어찬 것 같아서 입을 열면 목구멍에서 어푸푸푭 소리가 날까 두려웠다. 그 시절, 어른들은 내가 만들어낸 이상한 이야기들을 즐겨 들었고, 나의 낙서를 보거나 혹은 가수 류원정劉文正과 가오링펑高凌風의 흉내를 내는 걸 보며 좋아했다. 나는 우리 가족들을 정말 사랑한다.

그 옛날 소년이 살던 동네는 그 시절에는 존재감이 별로 없는 곳이었다. 줄곧 농촌과 도시 사이의 과도기적 상태에 머물러 있어서 인문학적 소양을 갖출 수 있는 자양분이 아주 적었다. 내게 있어서의 '문학'이란 국어 교과서였고, '미술'은 항일 전쟁 그림을 크레용으로 그려 과제물로 제출하는 거였다. 어느 부분에 어떤 색을 칠해야 할지 선생님이 모두 자세하게 알려주면서 깔끔하게 그려야 한다고 신신당부해서 당시의 나를 참으로 곤혹스럽게 했다. 그러니 학교 수업이 끝나고 집에 돌아올 때 담벼락에 있는 물고기들을 짝꿍 삼아 나의 고민을 털어놓을 수밖에 없었다. 날이 거듭될수록 물고기 짝꿍들의 모습은 달라져갔다. 어떤 물고기는 머리털이 돋아나고, 어떤 물고기는 뿔이 생기고, 어떤 물고기는 날개를 펴서 날고, 어떤 물고기는 일어나서 오줌도 쌌다. 아무튼 학교에서 곤혹스러운 일이 얼마나 있는지에 따라 나의 수족관 담벼락에도 이상한 이야기들이 생겨났다. 다행인 것은 우리 아버지 어머니는 이 소년이 무슨 고민이 있는지를 모르셨다. 어차피 벽이 아무리 더러워져도 괜찮다며, 아버지는 고작 '페인트칠 한 번 더 하면 되지 뭐!'라는 말씀만 하셨다.

소년 시절이 다 지나가자, 나의 자유로운 영혼은 제도권 사회 체제가 접수해버렸다. 나는 고향 동네 집을 떠나 외지의 중학교를 다니게 되었고, 해바라기가 해를 향해 자라듯 모든 학생들이 일치단결하여 대입 연합고사를 목표로 삼아 공부했다. 나는 떼를 지어 다니며, 서로의 차이점을 전혀 구분할 수 없이 오로지 번호로만 식별되는 양들처럼 같은 풀을 먹고 같은 모양과 크기의 똥을 쌌다. 정기적으로 털도 똑같이 깎고, 우량 품질 육류의 등급 표시도 받았다. 짧은 밤톨 머리를 0.1센티미터라도 더 기르는 걸로 존재감을 찾을 수밖에 없던 생활 속에서는 틈새에 슬그머니 싹이 돋아 피어난 작은 꽃 한 송이도 대단히 중요한 존재로 느껴졌다.

하지만 곤혹스러운 일들과 물고기 떼의 출현은 여전히 계속됐다. 곤혹스러운 일, 그리고 물고기 떼와 작별 인사를 나눌 겨를도 없이 세월은 나에게 얼른 자랄 것을 재촉했고, 다 자랐다는 통지를 받기도 전에 바삐 늙어버렸다.

나는 학식 있고 예의 바른, 도시의 건축가가 되었다. 이 직업은 고지식한 중산층 역할을 해야 한다고 알고 있었다. 몸가짐이 반듯하고, 건축가에 걸맞은 예절과 품위를 지녀야 하며, 웃는 모습마저도 조심스러워야 한다고 생각했다. 어쩌면 건축가라는 캐릭터는 그동안 조급하거나 덜떨어진 모습을 보이지 않아야 할, 점잖은 인물의 전형으로 각광을 받아왔을지도 모른다. 집을 멋지게 설계하든 그렇지 않든 아무튼 건축가는 좋은 사람처럼 보여야 한다. 이 나라에서는 좋은 사람과 나쁜 사람에게 검은색, 아니면 흰색으로 아무렇지도 않게 좋고 싫음을 표시한다. 각 캐릭터마다 태그를 붙이고 일상의 좋고 싫음이 모두 바코드로 바뀌어 라벨에 입력되므로, 시스템 속에 숨어 인조인간으로 지내는 게 더 안전하고 편안할 것 같다.

이런저런 일들이 마치 내 머릿속에서 헤엄쳐 다니는 한 마리 한 마리의 물고기처럼 모두가 나를 곤혹스럽게 한다. 그러던 어느 날 내가 설계했던 집을 완공할 즈음, 그 집이 마음에 든 건축주가 설계비 외에 내게 소원을 하나 말하면 들어주겠다고 했다. 나는 이 새로운 집의 비어있는 하얀 벽면에 낙서를 하는 것이 작은 소망이라고 농담을 했는데 건축주가 흔쾌히 동의해주리라고는 상상도 못했다. 이렇게 해서 나는 뜻밖에도 어린 시절의 그림 그리는 소년으로 다시 돌아갈 수 있는 오후를 얻었다. 머릿속에 여러 해 동안 쌓인 곤혹스러운 생각들이 내 손에 쥔 목탄에 의해 하나하나씩 선으로 바뀌고, 삐딱선을 타는 나의 감정과 기분은 담벼락에서 벌레와 물고기, 날짐승과 길짐승들로 변신했다. 사람의 표정을 짓고, 감정과 성질도 있으며, 서서 오줌을 누기도 한다. 이 벽화의 광기 어린 스토리에 흥분한 건축주도 태그를 떼고 시스템에서 뛰쳐나가고 싶다고 했다. 알고 보니 모든 곤혹스러움의 정답은 바로 내가 잊어버릴 뻔한 좋은 시절에 있었다.

우리는 인생을 사선(射線, 쏜 화살이나 탄알이 지나가는 선, 방향을 나타내는 직선)으로 여기는 습관이 있어서 반드시 화살표가 가리키는 방향으로 전진해야 한다고 생각하고 사선 위에 눈금을 표시하고 사회적으로 기대하는 생장 상태를 적어 넣는다. 자기도 모르게 눈금을 따라가면서 표시된 만큼 성장하고 공부하고 연애하고 가정을 만들고 사업을 하다가, 그다음에는 곧 닿게 될 화살의 끝, 즉 화살촉을 보면서 서서히 늙어간다. 우주를 향한 로켓이 우주에 가까워지면 하나하나 부속을 떼어내고 선체를 이탈하는 것처럼 청춘의 꿈과 낭만을 버린다. 마지막에 이르러 비행을 성공하는 것이 유일한 목적이며, 오로지 중력에 따라 우주 궤도를 운행할 뿐이다.

그런데 사선에는 왜 화살표가 하나밖에 없을까?

진정한 숙성은 지혜를 모아 젊음을 되찾는 일이다. 할 수만 있다면 나는 다른 미래를 향해 거꾸로 자라고 싶다. 나는 미래 소년이 되고 싶다.

50세가 될 때까지는 자신을 좀 더 숙성에 가깝게 단련시키고,
이후에는 해마다 한 살을 빼서 오던 길을 따라 거꾸로 자라야 한다.
백 살이 되어 나를 잉태하고 생육한 자궁을 찾게 되면 생명이 완전해진다.
이상은 흰머리 가득한 소년의 미래 선언이었습니다.

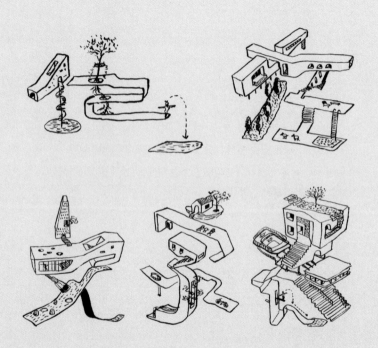

글에 살다

———

글은 참 아름답다,

글 속의 공간은 더욱 아름답다,

나와 함께 글 속을 구경하노라면,

아마도 당신은 이곳에서 살고 싶어지리라!

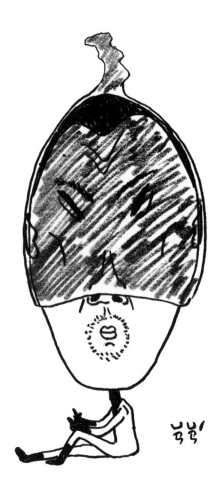

창힐倉頡이 글자를 만들고,
나는 글자로 집을 짓는다.
글자 속은 낯설지만, 글자 밖은 눈에 익숙하다.

생활

生 活

L
I
F
E

黑

匠人　　　　　理　想　的　工　作　空　間
男人想要的廚房　　廁所驚魂記　　　　　　前 任 男 朋 友
一　　見　　鍾　情　的　房　　子
家具人間　　　　　　　　　　　　　　　樓　梯　的　戲

很有戲的防火巷

妖　嬈　的　城　市　裡　有　一　條　素　顏　的　街
獨立書店

老房子　　　梁實秋故居　高富帥　空氣人形

검은색과 어둠

———

어렸을 때 어둠을 많이 무서워했다. 진짜로. 나중에 깨닫게 된 사실인데 그때는 밤의 어둠이 무서웠거나, 아니면 잠이 오지 않아 뜬눈으로 보낸 밤을 두려워했던 것 같다. 잠이 안 오는 밤은 왜 무서울까? 아마도 아직 집에 돌아오시지 않은 아버지가 걱정스럽고, 아버지를 기다리고 있는 어머니에게 신경이 쓰여서 그랬을 수도 있다. 그리고 어두운 밤의 공간에서 예상할 수 있는 두려움, 상상할 수 없는 여러 가지 두려움이 존재할 가능성 때문에 무서웠을 것이다. 모든 귀신과 도깨비가 내 작은 머릿속에서 번갈아가며 무서운 장면을 한 편씩 연출하는데, 화질도 뚜렷하고 어설픈 장면도 없었다. 지금 생각해보면 나의 상상력이 풍부해지도록 불을 밝혀준 것은 바로 어린 시절의 내게 밤이 무서워지게 했던 알 수 없는 공포감이었다.

어둠을 검은색이라는 색채의 관점에서 인식하는 것으로는 도저히 사람들이 무서워할 만한 타당한 이유를 찾을 수 없다. 다른 시각에서 이해해 보아야 한다. 그것은 바로 공간 속의 어두움이다.

우리가 어떤 공간에서 편안함을 느끼려면 영역 감각을 인지하고 파악하는 것이 중요하다. 자신이 소속된 공간의 경계가 어디인지를 알아야 지금 어느 지점에 멈춰 있는지를 알게 된다. 신체와 공간의 관계를 이해하고 나면 안전하다는 느낌이 들 수 있다. 일단 그 공간의 경계가 사라지고 세계를 인식하는 수많은 기준점이 존재하지 않게 된다면 아마도 또다시 미지의 장소에 대한 공포감을 느끼게 될지도 모른다. 마치 경계를 알 수 없는 대양이나 우주에 있는 것처럼 느껴질 것이다. 혹은 모든 감정 관계가 사라질 때의 외로움과 낯선 느낌 속에서 거대한 무력감이 퍼져나가겠지. 알고 보니 어린 시절의 나는 어두움을 두려워한 것이 아니라 경계가 없는 외로움을 두려워한 거였다.

나이가 들면서 한동안 나는 언제나 온몸을 검은색으로 감쌌다. 종교처럼 검은색을 신봉하여 블랙 티셔츠, 블랙 코트, 블랙 팬츠에 검은색 뿔테 안경을 썼고, 그림을 그릴 때도 검은색 선으로만 그리고, 검은색 이외에는 모두 비워두었다. 쿨하게 보인다고? 나의 숨겨진 진실을 알려주겠다. 그건 바로 색에 대해 취약하며 자신감이 결여되어 있다는 표현에 지나지 않는다. 스펙트럼이 닿지 않는 어둠 속에 숨어서, 이 세상의 모든 색채가 아무리 화려해도 나와는 상관없다고 생각했다. 조용하게 지내지 않고 자신을 드러내려는 여러 알록달록한 빛깔은 모두 시끄럽고 복잡한 것이라고 여겼기에, 신비로워 보이는 블랙이 그때는 오히려 가장 안전한 색이 되었다. 이러한 편집증은 동시에 검은색에 대해 내가 지닌 가장 유치한 인식이었다. 아니, 인식이라고 할 수도 없는 거였다.

검은색에 대한 인식을 달리하게 된 시기는 마흔 살의 중년 이후, 지난번에 새로 지은 집의 벽에 낙서를 할 기회가 생겼을 때였다. 나의 몸은 그동안 해왔던 설계작업에서 쌓은 지식과 설계에 대한 호불호를 잊고, 본능적으로 색깔과 선을 가지고 놀 수 있었다. 어린 시절 고향집 벽에 크레용으로 낙서하던 즐거운 시기로 돌아가, 그 어떤 판단도 편견도 없이 그림을 그렸다. 그때 여러 가지 온갖 색깔이 겹쳐 만들어진 검은색을 보았다. 과거에 나 자신이 갇혀 있던 프레임도 보였다. 그래서 나는 프레임을 한 마리 나비로 접어 두 손에 힘을 실어 하늘을 향해 날렸다. 나비는 스펙트럼의 조각으로 변하여 공중으로 흩어졌다. 그 순간 갑자기 나의 사춘기가, 그것도 컬러풀한 사춘기가 다시 돌아오는 것 같았다. 중요한 건 우리가 실제로 보는 '검은색'이 아니라, 우리가 볼 수 없는 마음속의 '어둠'이다.

당신은 어둠을 두려워하는가? 어쩌면 당신은 그저 자신이 어둠을 두려워한다고 생각했던 것뿐일지도 모른다. 당신은 검은색만 좋아하는가? 어쩌면 이미 어른이 된 당신에게는 꾸지람을 듣지 않고 한 번쯤은 마음껏, 미친 듯 낙서를 할 수 있는 기회가 필요할지 모른다. 검은색에 대한 집착을 떨쳐내자. 빨강색이나 녹색에 대한 집착도 마찬가지이다. 아마도 자신의 집착을 보고 난 후에는 그 집착에 대해 우리는 그리 긴장하지 않게 되며, 그 편협한 굴레에서 빠져나올 수 있다. 색칠놀이에 대해서라면 우리 모두 아이처럼 대담하고 자신 있으며 상상력이 가득하다.

선입견을 지니지 않은 관점에서 밝은 불을 비추면 공간이 보이고, 경계가 보이고, 안정감을 느낄 수 있다. 형태와 색채도 볼 수 있고, 검은색의 부드러움과 자비로움도 볼 수 있다. 무엇보다도 멋지고 즐거운 건 한 번도 만나 본 적이 없는 또 다른 자신의 모습을 볼 수 있다는 점이다.

진실한 풍경은 늘 눈을 감아야 보인다.

색채도 그러하다.

검은색인지 아닌지는, 마음속 저 깊은 곳에 있는

눈이 열리는 순간 보인다!

장인

———

장인이라고 하면 먼저 나의 아버지부터 떠올리게 된다. 그분은 레오나르도 다 빈치만큼이나 신비로운 장인이셨다. 어렸을 때 나는 아버지가 마치 동물 조련사처럼 철공소의 거대한 기계들을 다루는 모습을 보며 자랐다. 선반旋 盤, 톱질 작업대, 기다란 컨베이어 벨트 사이를 누비고 다니시던 아버지. 그는 늘 급하지도, 느리지도 않은 동작으로 지시를 내렸고, 공장은 안정적으로 잘 돌아갔다. 그래서 나는 언제나 서커스를 보러 가는 기분으로 흥분과 기대에 차서 아버지를 따라 공장에 가곤 했었다. 공장의 '쿠구궁 쾅쾅' 하는 소리로 최초의 로큰롤 음감을 체험한 이래 남성적인 강한 리듬을 배웠다. 어렸을 때 갖가지 형식의 비행선과 로봇 기기들을 수리하는 천하무적 전문기술자가 되고 싶다고 결심했던 것이 기억난다. 그런 까닭에 집 안의 크고 작은 가전 제품들을 분해하면서 나대고 다녔는데, 물론 그중 8할은 레오나르도 다 빈치'스러운' 아버지의 도움을 받아 나중에 복원했지만.

이렇게 매번 나는 해체와 조립을 즐겼다. 해체된 상태에서도 여전히 매력 있어 보이는 부품들이 솜씨가 뛰어난 아버지의 커다란 두 손에 의해 마땅히 있어야 할 곳에, 음표가 오선지 위에 내려앉듯 한 치의 어긋남도 없이 제자리를 잡아가는 것이 보기에 좋았다. 보기에도 특출해서 소수素數라도 되는 듯 거만하던 부품들이 점차 서로의 소울메이트가 되면서 일련의 미묘한 방정식들이 아버지의 신묘한 손놀림에 길들어가는 모습들. 내가 옆에서 눈만 크게 뜨고 혀를 내두르며 탄복하는 사이에 그 대단한 남자는 이미 슬그머니 자리를 떠나 또 다른 신기한 창작을 계속하셨다. 말수가 적은 아버지의 이런 성격은 내 마음속에 조용한 장인의 전형으로 자리를 잡았다. 마치 서랍 속에 넣어 둔 펜처럼, 테이블 위에서 천지신명을 위해 타오르고 있는 향처럼, 나이 든 고양이처럼 조용한 모습으로. 어쩌면 이런 조용함 때문에 장인들의 기질을 쉽사리 어림잡을 수 없다고 생각할 수도 있다. 좋거나 나쁘다고 할 수가 없는 것이, 기질이라는 게 원래 그렇게 구분 짓기가 어렵게 생겼다. 대개 무골호인, 혹은 나쁜 남자라고 불리는 이들에게서 가끔씩 달의 이면을 보는 듯 다르게 느껴질 때가 있다. 이렇듯 모든 사람의 기질에 숨어 있는 스펙트럼이 차가운지 따뜻한지는 당신이 어느 쪽으로 접근하는가에 달려 있다.

젊은 시절의 내가 어느 공사 현장에 갔던 첫날, 한 장인으로 인해 감정의 사우나를 경험했던 적이 있다. 여름날 오후, 소나기를 무릅쓰고 현장에 도착했는데 한 어르신이 나오더니 목공 사부라고 자신을 소개했다. 손에 시공 도면을 든 채로 한참을 기다리고 있었나 보다. 이 장인은 기골이 장대하고 목청이 커서 말할 때면 목소리가 종소리처럼 우렁우렁 울렸다. 시공 도면에 적힌 뻣뻣한 필체도 그의 손가락에 비하면 마치 고운 명주실 같았고, 도면들은 모두 조련사의 명령이 떨어지기를 기다리고 있는 듯했다.

목공 사부는 내가 입을 뗄 겨를도 없이, 자신이 발견한 '설계상의 오류' 들을 숨도 안 쉬고 들춰냈다. 두 사람이 서로 맞서는 상황이 되면서 공기 중에 점차 화약 냄새가 떠도는 듯했다. 나는 영화 〈일대종사The Grandmaster〉에서 엽문葉問이 여러 무림 고수들과 결투할 때의 침착하고 대범한 태도를 떠올리면서, 성질을 누르고 그가 미심쩍어하는 부분들을 일일이 짚어나갔다. 내가 꼼꼼하게 설명을 한 다음 그의 가르침을 청하자, 목공 사부가 보기에도 이 풋풋한 청년에게 장인 정신이란 게 느껴졌던지 그때부터는 우리 두 사람이 도면 속에 그려진 공간의 디테일부터 도면 밖 삶의 디테일까지 터놓고 대화를 나누게 되었다. 어린 시절과 고향 이야기, 목공 사부와 마찬가지로 장인의 길을 걷고 계신 우리 아버지에 대한 이야기까지. 우리들 대화의 온도는 손에 쥐고 있는 담배처럼 점점 따뜻해지고, 목공 사부의 얼굴에 떠오른 표정도 매우 부드러워졌다. 처음에 목공 사부가 지적했던 설계상의 오류들은 우리 두 사람이 터놓고 열심히 이야기하게 되자, 더 이상 문제가 되지 않았다. 나의 설계에 목공 사부의 의견을 덧대면 더욱 멋지고 성숙해졌다. 나중에 목공 사부 스승이 건축가 제자인 나에게 뜨거운 커피와 담배를 사오라고 부탁할 즈음에는 때맞춰 내리던 비가 막 그치고 햇빛이 살며시 얼굴을 내밀었다.

내 생각에는 나이가 들수록 일상의 곳곳에서 장인의 마음을 만날 수 있는 것 같다. 손에 쥔 따뜻한 찻잔에서 벽에 걸려 있는 오래된 괘종시계까지, 사찰과 사원 입구의 나무 벤치에서 공원의 돌바닥 산책로까지. 요점을 말하자면, 눈에 보이는 우리의 갖가지 생활이 담긴 아름다운 세상은 기술 장인 스승과 제자들이 대를 이어가며 도끼와 끌로 하나씩 만들어준 끝없이 광활한 세계라는 것!

장인의 단단함 뒤에는
세상에서 가장 부드러운 마음이 있다.

이상적인 작업 공간

———

학교를 마친 뒤 바로 건축사 사무소에서 근무하기 시작하여 이제 20여 년이
지났다. 그동안 중소형 설계사무소 몇 곳을 거치며 다양한 규모의 업무 환경
에서 일해왔고, 유별난 작업 분위기도 다수 경험할 수 있었다. 그간의 일들
은 마치 독특한 형식의 영화 속 한 장면들 같아서 문예 영화, 범죄 영화, 루저
서바이벌 영화(좀비영화, 재난영화 등등), 코미디 가족 영화까지 포함되어 있
다. 건축설계사들의 작업 스타일을 보면 때로는 그들이 설계한 작품을 보는
것보다 더 흥미로울 때가 있다. '얼굴은 마음의 거울'이라는 말이 있는데 공
간도 그러하다. 공간을 주관하는 이가 지닌 특별한 성품이 그 공간에 비슷한
품격을 부여한다. 창작자가 작업할 때의 마음가짐도 창작 이론과 스타일에
영향을 줄 수 있다.

　사실 설계를 비롯한 모든 디자인 산업뿐만 아니라, 이렇게 근무 공간과
근무자가 공생하는 관계는 다른 형태의 업종에도 보편적으로 존재한다. 도
시인들은 매일 하루 절반 이상의 시간을 자신의 근무 공간과 여러모로 친밀

한 관계를 쌓고 있다. 아침에 출근하거나 비즈니스 미팅을 할 때 어떤 옷을 입어야 할지, 점심에 어느 식당에서 식사를 하거나 도시락을 주문해야 할지, 저녁에 야근할 때는 무슨 음악을 들어야 할지, 모든 순간이 근무 공간과 연관되어 있다. 공간은 당신이 돌보는 반려동물과도 같을 뿐만 아니라, 가끔은 당신을 돌봐주기도 한다. 그리고 마침내 좋든 싫든 우리는 이 공간들의 연장선인 도시와 관계하고 있다는 걸 결국 알게 된다. 사무실은 커다란 저장 장치이며, 사람들의 희로애락의 감정과 그 밖의 정서들을 코딩하고 입력해서 더 거대한 저장 장치로 옮긴다. 이 커다란 저장 장치는 바로 화려하고 아름답지만 좀비처럼 차갑고 매정한 도시이다. 도시는 기다란 문장처럼 보인다. 그 안에서는 다양한 구句와 절節이 끊임없이 생성되고, 중얼중얼 혼잣말을 할 때도 있으며, 때로는 날카로운 대화를 주고받기도 한다. 시간이 지나서 나중에 그 문장들에 어떤 의미가 담기게 될지는 그리 중요하지 않다!

이야기가 너무 멀리 나간 것 같은데, 재미있는 근무 공간 좀 구경하러 가볼까?

먼저 가볼 곳은 흑백 문예영화의 한 장면 같은 곳. 가장 흔하게 만나볼 수 있는 공간으로 '그레이 스케일(흰색부터 검정까지 밝기의 정도를 단계적으로 배열한 무채색 척도) 강박증'이라고 불러도 무방하다. 이런 근무 공간의 주요한 색조는 회색이다. 왜 눈이 자동적으로 다른 색상을 걸러내는지 이유를 알 수 없지만, 이런 공간에서는 모든 색채에 회색빛이 덧대어지는 느낌적인 느낌이 든다. 각종 사무용기기와 컴퓨터의 옅은 회색, 사무용 가구들의 중간 회색, 회사 대표가 착용한 짙은 회색 슈트 등. 이런 회색들 사이에 각 부서 책임자들이 지시를 전달할 때의 회색 어조가 떠돌고, 냉방이 잘된 실내에 오래

머물러 울 듯 말 듯 보이는 직원들의 핏기 없는 얼굴과 희끄무레한 표정이 나머지 공간을 채우고 있다.

만일 점심 도시락을 싸오는 직원이 있다면 그 도시락에 든 루단(卤蛋, 간장으로 졸인 달걀)과 브로콜리도 틀림없이 회색일 테다. 절대적으로 고요할 것 같은 이런 근무 공간도 겉보기와는 달리 그리 조용하지 않다. 공기 중에는 늘 바스락거리는 회색 소음이 들린다. 연인들이 다른 사람에게 들리지 않도록 나지막하게 시시콜콜 소곤거리는 듯한 소리들. 조심스럽게, 드러나지 않게 움직이는 어떤 흐름을 보고 있노라면 영화감독 오즈 야스지로의 흑백 문예영화가 떠오른다.

두 번째로 가볼 범죄 영화 유형의 공간은 대부분 유리로 둘러싸인 대형 빌딩에 등장한다. 통상적으로 지하철역에서 10분을 넘지 않는 거리에 위치하고 있어, 출근 시간에 맞춰 교통카드를 태그하려고 죽기살기로 질주하는 분위기를 연출하는 건 물론, 퇴근 시간에는 아무리 총칼이 숲을 이루고 탄알이 빗발치듯 해도 죽지 않는 히어로로 스토리를 연출하기에도 좋다. 이곳에 오면 파란색을 볼 수 있다. 파란색 통유리창, 파란색 카펫, 파란색 파일 폴더와 파란색 사인펜 더미들. 파란색은 여기에 있는 사람들에게 효율의 중요성을 일깨우려고 존재하는 것 같다. 이런 사무실은 보통 외국 기업문화의 색채가 진한 회사에서 볼 수 있다. 상관에서 부하 직원에 이르기까지 모두 의기양양한 형사처럼 매끈한 양복 차림에 차갑고 시크한 표정으로 사무실에서 언제라도 대기하는 자세를 보여준다. 게다가 주위에 어떤 스파이가 숨어 있을 경우에는 느닷없이 이 파란색 공간을 총탄이 가로지르게 될 가능성이 있으며, 그래서 퇴근하기 전까지는 세계 평화가 존재하지 않을 것임을 일깨워준다.

이런 장면은 최근 몇 년 사이에 홍콩 범죄 영화에서 자주 포착된다. 그런데 영화에 등장하는 경찰은 왜 그렇게 잘생겼는지, 또 경찰서는 어쩌면 그다지도 깔끔할 수 있는지, 나는 그것이 알고 싶다.

　루저 서바이벌 스타일의 근무 공간은 어떤 곳일까? 아마 사장과 직원들 모두 합쳐도 세 명을 넘지 않을 작업실일 것이다. 이런 공간은 대부분 건물과 건물의 틈새, 혹은 변두리에 위치하고 있다. 이 안에서 근무하는 사람들은 마치 닌자 거북이 같은 초능력자들로, 강한 생명력과 전투감각을 지녔으며, 솔직히 말하자면 대만의 서민경제는 이 얼굴을 잘 드러내지 않는 슈퍼히어로들에게 많이 의지하고 있다. 그들의 작업실에 들어가보면 언더그라운드 록밴드 연습실처럼 보인다. 10평 남짓한 공간에 작업실 분위기에 따라 담배 냄새, 커피 향기가 나거나 이따금 마성의 위스키 냄새가 나는 곳도 있다. 이런 곳에서는 회의실, 사장실, 사무실을 구분하지 않고 사용하며, 필요에 따라 용도에 맞춰 공간에 의미를 부여하기도 한다. 유연하고 탄력적일 뿐만 아니라, 매우 유기적이어서 공간의 형태가 기능에 따라 변화하는 건 일도 아니다. 루저 서바이벌 스타일의 형님들이 원하는 건 바로 단조롭고 무미건조한 대도시의 기계적인 리듬에 대항하는 혁명적인 색채의 작업혼魂이다. 일을 하면서도 수시로 게임을 한다. 쉬는 모습은 본 적이 없고, 작업 공간이건 사람이건 죄다 다크서클을 끼고 산다. 깔끔하지 못하게 수염이 텁수룩하다. 한 마디 덧붙이자면, 이런 작업실들에는 대개 '체 게바라'의 포스터가 하나씩 붙어 있을 것 같다.

　체제에 반항하는 로큰롤의 성전聖殿을 떠나, 우리는 마지막으로 코미디 가족 영화 같은 공간에 들어가봐야 한다. 이런 사무실은 보통 주택과 유사한 구조인데, 주거용 가구를 업무용 스타일로 바꾸는 것 외에는 현관, 부엌, 냉장고, 싱크대, 그리고 거실과 식당 등은 그대로 있다. 보통 이런 공간의 주인 유형은 부엌에서 차만 끓이는 게 아니라 점심 식사를 할 때면 요리와 차를 함께하는 걸 선호하므로, 미각과 후각을 자극하는 이런 요리 공간이 사무실의 분위기를 좌우하는 핵심 공간이 된다.

상하관계의 동료들이 가족처럼 인사를 나누고, 점심시간이 가까워지면 도란도란 다정하게 메뉴를 의논하는 소리도 들린다. 무엇보다도 귀여운 건, 이런 사무실에는 개방된 공간에 대형 책장이 있고 서가의 3분의 1은 만화책이 차지하고, 다른 3분의 1은 동료와 사장이 서로 겨뤄보기 위해 데려다놓은 피규어와 로봇들이 있다는 것. 그리고 남은 빈자리는 전문서적을 비치하는 공간으로 남겨둔다. 이런 사무실에 들어서면 원목의 브라운색이 주된 색조임을 알 수 있다. 만지는 가구마다 원목의 결과 촉감이 손끝에 묻어나는 것 같다. 공간 전체의 브라운 색조는 따뜻한 카푸치노 같고, 베란다의 부겐빌레아는 커피 거품에 올려진 라테 아트의 박하잎 무늬처럼 느껴진다. 여기에서 근무하는 사람들은 아마 퇴근하기가 아쉬울 거야!

여러 유형의 건축사무소를 거쳐 창업을 한 이후에도 나는 가장 이상적인 업무 공간을 찾고 있었다. 나이가 들어 '아저씨 이상, 아버님 미만'의 편안한 단계에 도달할 즈음 나는 마음에 드는 근무 공간을 찾았다. 여기는 햇빛과 공기, 식물과 빗물이 있다. 그리고 주체하지 못할 만큼 넘치는 핫한 아이디어와 일을 잘하고자 하는 마음도 있다.

아무도 몰래 비밀 하나를 알려드리겠다. 힐링이 잘될 것 같은 그 아늑한 공간이 바로 지금의 내 사무실이다.

사람들 속에서 그를 수백 번 찾아 헤매도 없다면,
그는 단지 자신만의 냄새를 맡을 수 있는
구석에 있기를 원해서 없는 것일 수도 있다.
그가 존재할 수 있게, 그가 행패를 부려도 되고,
힘들어도 즐거운 강아지처럼 될 수 있는 그런 구석.

남자가 원하는 부엌

———

이 글을 시작하기 전에 먼저 묻고 싶은 질문이 있다. '남자가 부엌을 원하기는 하는 걸까?' 이 질문은 심리학적인 문제뿐만 아니라 생물학과 진화학의 문제일 수도 있지만, 자칫하다가는 실존주의 철학의 문제로까지 번질지도 모른다. 이렇게 말하는 게 좀 이상하다는 건 알겠는데, 왜 나는 사소한 일을 크게 만들려는 걸까? 많은 사람들이 부엌일은 여자들의 일이므로 대부분의 남자들은 부엌에 관심 가질 필요가 없다고 생각한다. 그런데 혹시나 부엌이 별로 필요하지 않다는 건 남자들의 착각이 아닐까 하는 생각이 자꾸만 고개를 내민다.

도를 깨친 어느 고명한 스님(그 또한 남자)이 이런 말을 했다. '필요한 건 많지 않은데, 원하는 게 너무 많다.' 이 말을 남자와 부엌의 관계에 대입해보면 참으로 재미있다. 생각해보라, 만일 남자에게 부엌이 필요할 뿐만 아니라 부엌을 원하는 남자가 더 많아진다면 좀 더 귀엽고 나은 세상이 되지 않을까?

한 남자와 부엌의 사랑과 미움, 매혹과 고민에 관한 이야기를 하나 들려 드리겠다.

오래된 친구인 L은 외국계 회사의 고위 책임자로, 명문대학 MBA 출신 이다. 몇 년 전 그가 싱글이었을 때 도시의 빌딩 20층에 멋들어진 '남자만의 방'을 소유하게 됐다. 20평 남짓한 공간을 하나로 넓게 튼, 방 하나와 욕실뿐 인 공간에 남자 한 명과 커다란 개 한 마리가 살았다. 부엌은 그에게 그저 벽 의 한쪽 면을 상징하는 기호일 뿐, 한밤중에 갑자기 배가 고파 라면을 끓일 때에만 오로지 그 기호에 생물학적인 의미가 부여된다. 사실 여피족인 L은 미식을 싫어하는 게 아니다. 요리와 미식을 즐길 때의 L은 항상 '집'이 아닌 '다른 곳', 즉 고급 레스토랑에 머무를 뿐이다. 요리와 L의 신체 접촉점이라 고는 미뢰, 식도, 그리고 위장뿐이었으니, 부엌과 관계된 사물들과의 관계가 소원하게 된 것도 무리가 아니다. 그 집은 L을 위해 맞춤으로 지은 것처럼 딱 1.5명의 사람이 편하게 거주할 수 있는 정도인데, 이때 L 한 사람을 뺀 0.5명 은 일종의 불안정한 감정 관계를 대변하는 숫자이다. 무슨 말이냐 하면, 수 시로 오락가락 대상이 바뀌는 그의 여성 동반자들이라는 의미다.

마흔 살이 되던 그해에야 비로소 L의 입에서 부엌이 필요하다는 말이 나 왔다. 드디어 그를 이해할 수 있는 여자를 만나, 남자의 방탕한 영혼과 방황 하는 위장까지 안정시켜주고 싶다는 결정을 하게 된 것. 그래서 그는 30평의 집으로 바꾼 다음 방 하나, 욕실 하나, 식당 하나, 그리고 오픈 키친을 들이 고, TV가 놓이지 않은 반 칸의 휴식 공간을 꾸몄다. 다른 반 칸은 식물과 반 려동물에게 할애했다.

이 집에 밀크셰이크처럼 넘쳐흐르는 행복을 상상해보시라. 부엌은 매일

매일 음식을 만드는 곳일 뿐만 아니라 사랑에도 많은 시간을 보내는 곳이다.

공간과 신체와의 관계는 더 이상 물리적인 거리만으로 규정지을 수 있는 게 아니라, 감각적인 친밀감이 더 중요한 부분을 차지하게 되었다. L에게 있어서의 부엌은 이제 더 이상 상징적인 기호에 불과한 존재가 아니라, 이름뿐인 명사로부터 그야말로 생생한 동사로 바뀌었다. 남자들에게는 아마도 이것이 일종의 공간 인지적 진화가 아닐까 싶다!

3년 후 L은 이혼했다. 다시 싱글 생활자로 돌아온 그는 집을 옮기지 않았다. 그리고 흥미롭게도 하나뿐인 침실을 철거하고 원래의 부엌을 두 배 크기로 확장했다. 냉장고 두 대, 오븐 두 대, 아일랜드 키친 두 세트, 펜던트 조명등 두 개. 혼자 남은 반쪽은 이제 더 이상 친밀함이라고는 찾아볼 수 없는 몸놀림으로 두 배의 제곱으로 늘어난 외로움을 휘두른다. 그리고 스스로를 친숙한 외로움 속에서 잠들게 한다.

자신을 이해해주던 여자가 떠난 후, 그 남자는 부엌에 더욱 빠져드는 것 같다. '외로움'에의 '탐닉'이 새싹을 틔워 나무로 자라게 한다. 남자는 다시 혼자서 이 친밀한 공간을 마주할 때 혀끝에서 발끝까지 자신과 잘 지내려면 어떻게 해야 하는지 배워야 한다. 그 최적의 훈련 장소가 바로 부엌이라는 것이 바로 L이 중년 이후 일용할 양식으로 지니게 된 실존철학이다.

얼마 전에 L이 재혼했다는 소식을 들었다. 어느 날 그가 보낸 메시지를 받았다.

'친구야, 이상적인 부엌의 조건이 뭔지 이제야 알겠어!'

'뭔데?'

'안 가르쳐줄래.'

남자들이 더 원하는 건 아마도
부엌의 주인일지도 모른다.

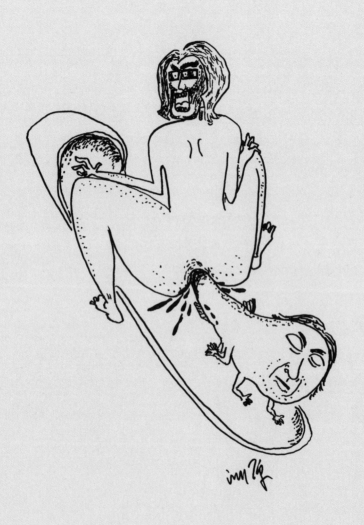

화장실의 사이코

여기서 말하려는 건 한밤중에 화장실에서 볼일을 볼 때 변기에서 손 하나가 쓰윽 나오는 그런 호러 스타일의 이야기가 아니다. 큰일을 볼 때 토끼 한 마리가 함께 나오는 괴담을 수집하는 일본식의 기이한 이야기도 아니다. 내가 공유하려는 이야기는 화장실 공간에 대한 잘못된 경험 세 가지인데 모두 '사이즈'와 관련이 있다.

첫 번째는 '높이'와 관련된 놀랍고도 이상한 이야기. 장소는 곧 완공될 운동장 관중석 아래의 어두운 공간이다. 완공되기 전에 현장 점검을 하려는 친구를 따라가는 길이었는데, 건축물이 완성되기 직전에는 어떤 미스터리가 곧 풀릴 것 같은 흥분을 느끼기 마련이다. 누구나 느꼈을, 어머니의 몸속에서 마지막 며칠을 보낼 때의 기분과 비슷할 것 같다. 비록 대부분의 사람들은 다 잊어버렸겠지만.

관중석으로 가기 전에 먼저 천장이 아주 높다란 대형 현관홀을 둘러보았다. 헐크 세 명이 하나씩 머리를 딛고 위로 올라섰을 때의 높이쯤 되는 것 같앉다. 아직 공사가 진행 중이라 거칠고 남성적인 분위기가 가득해서인지, 슈퍼히어로처럼 튼튼하고 실하다는 느낌이 저절로 들었다.

현관홀 양옆의 관중석으로 통하는 3층으로 된 대형 계단에는 나무줄기처럼 굵고 단단한 난간이 설치되어 있다. 계단 벽에 가까이 다가서면 페인트를 칠하기 전의, 갓 양생된 콘크리트 냄새가 감지될 것이다. 좋은 냄새라고는 말 못하겠지만, 나와 같은 건축 애호가에게는 비 그친 후 들판에서 갓 싹을 틔운 풀 냄새처럼 소름이 돋을 정도로 사람을 흥분시키는 냄새다.

계단 아래쪽의 작은 문은 전설에 등장하는 신령한 나무 밑동에 있는 구멍처럼 보이기도 하고, 눈에 띄지 않는 아름다운 비밀의 세계로 들어가는 입구 같기도 했다. 함께 온 친구는 이미 관중석에서 주경기장을 보기 위해 계단을 끝까지 다 올라갔음에도 불구하고, 나는 이 그윽하고 아름다운 비밀의 세계를 반드시 보러 가야만 했다. 마치 빨간 모자라도 된 듯한 기분으로 그 작은 문 앞으로 가서, 안에 있을지도 모르는 신선이나 박쥐 같은 것들을 놀라게 하지 않으려고 조심스럽게 문을 열었다. 가장 먼저 눈에 띈 건 세면대였고, 그 옆에는 변기가 설치되어 있었다. 알고 보니 그곳은 스태프용 화장실이었던 것. 사이즈는 미니였지만 기능은 퍼펙트했다. 수수께끼가 풀려서 속이 시원한 것까지는 좋았는데 고개를 들어올린 순간 성스러운 현기증이 몰려와서 하마터면 변기에 털썩 주저앉을 뻔했다. 10여 미터 높이의, 천장이 있어야 할 곳이 뚫려 있어 하늘이 쏟아져 내리는 것 같았기 때문이다. 아마 대중에게 개방하지 않을 곳이므로 아예 천장을 만들지 않았기 때문인지(아니면 완공하기 전의 시적인 감흥이 충만한 상태?), 관중석 하부의 웅장한 구조는 이 공간을 솔직하게 드러내주는 상부가 되어 있었다. 약 한 평 크기의 비밀장소에서 거인을 바라볼 때의 눈높이를 지녀야 하는 이 모순되고도 부조리한 상황이 내게는 마음과 전립선을 동시에 틀어쥐는 것처럼 느껴졌다. 역시 건축은 정신적인 면뿐만 아니라, 인체 기관에까지 영향을 미치고 있었다.

두 번째의 기묘한 경험은 '넓이'에 관한 것이다. 몇 년 전 업무차 중국 북부의 작은 마을에 가본 적이 있는데, 외진 곳임에도 간간이 현대적인 건물들이 논밭 사이로 나타나곤 했다. 이곳의 어느 논밭이나, 사람의 시야로는 끝나는 지점을 식별할 수 없을 정도로 면적이 넓었다. 시급하게 개발하고자 하는 도시의 건축 예정 부지와 공사 계획 규모가 상상을 초월할 정도로 어마어마하다는 건 들어서 알고 있는 사실이지만, 진짜로 보기 드문 이야기는 이제부터 나온다.

건축주는 그날 저녁 현지의 대표적인 고급 빌라를 마련해서 내가 머무를 수 있게 신경을 써주었다. 경사진 지붕의 이층집으로 회청색 기와와 회녹색 판암版岩 외벽, 게다가 검붉은색 테라코타 보도步道에서 복고풍 분위기가 풍겼다. 1층 입구 앞에는 넓은 테라스가 있고 그 양쪽으로 회랑迴廊이 펼쳐져 있었다. 차를 타고 천천히 앞마당의 잔디밭을 향하면서, 나는 그때 흡사 마릴린 먼로가 집 안에서 저녁을 준비하고 있는 듯한 착각에 빠졌다. 집 안에 들어서자 예상했던 대로 2층까지 천장이 트여 있어 층고가 높은 거실과 2층으로 올라가는 나선형 계단이 눈에 띄었다. 이런 구조는 어느 세대의 어떤 중국인이라도 꿈에 그릴 만한 주거 형태다. 현대적이면서도 기품 있게 꾸며져 있어, 유명 여류 작가 경요(瓊瑤, 1938~)의 작품을 영화화한 문예 멜로 영화에서 가장 자주 볼 수 있는 장면 중 하나이기도 하다. 이런 영화에 자주 등장하는 또 하나의 장면은 해변 백사장이다. 거실의 끝에서 끝까지는 보통

3초만 달리면 되는데, 이상하게도 남자 주인공이 해변에서 여주인공에게 달려갈 때는 분명 쉽게 따라잡을 수 있는데도 항상 50미터는 더 달려야 여주인공을 따라잡을 수 있다… 미안, 내가 또 옆길로 샜습니다.

나는 손님방에 짐을 풀고 그 방에 딸린 욕실로 들어갔다. 여행의 고단함을 잘 씻어낼 겸, 살짝 경직된 신체 중요 부위의 긴장도 풀어줄 생각이었다. 그런데 욕실 문을 열자마자, 갑자기 길을 잃은 것 같은 느낌이 들었다. 이 욕실은 왜 이다지도 크다는 말이냐! 어림잡아 침실 하나 정도의 크기였는데, 내가 보기에 적어도 열 평은 될 듯했다. 왕후장상王侯將相이 드나드는 곳이 아니라면, 건축가에게 다른 의도가 있지 않고서야 어떻게 이런 패기 넘치는 규모의 욕실을 만들 수 있었겠나. 거대한 성전聖殿에는 일인용 세면기, 변기, 샤워 시설이 각기 하나씩만 갖추어져 있을 뿐, 나머지는 무한한 참선의 경지, 그리고 나의 경탄의 메아리로 채워졌다. 미궁에 빠진 나의 왕성한 호기심은 일단 접어두고, 나는 얼른 변기의 위치나 파악해서 중요한 볼일을 보고 싶었다. 한참 시원하게 일 처리를 하고 휴지를 잡으려고 할 때가 돼서야 알았다. 책을 만들 때 사용하는 종이처럼 부드러운 휴지가 세면대 위쪽에 있다는 것을. 변기 위에 쭈그리고 앉아 있는 내가 휴지를 집으려면 다섯 걸음이나 가야 했다. 마침내 나는 삼가 조심스러운 마음으로 큰일의 마지막 단계를 마무리 짓고는 찝찝한 표정으로 대청마루처럼 너른 욕실에서 벗어났다. 나는 분명히 건축가가 이 욕실을 설계할 때 볼일을 보는 것에 어떤 심오한 의미를 숨겨두었다고 생각했지만, 차라리 이것이 나의 아름다운 오해이기를 바랄 뿐이다. 지금까지도 이해가 안 된다. 휴지를 집으려고 엉덩이를 내놓고 다섯 걸음을 걸어야 했던 그 장렬한 순간, 창밖 하늘을 향해

'W……H……Y……?'라고 소리 질렀던 것만큼은 생생하게 기억하고 있다.

세 번째는 '가닿을 수 없는 화장실' 이야기이다. 한 친구가 집을 새로 사서 집을 인계받자마자 인테리어 아이디어에 대한 조언을 듣기 위해 나를 그 집으로 데리고 갔다. 친구는 단층 주택 가격으로 2층짜리 집에 해당하는 가치를 지닌 집을 샀다며 아주 마음에 들어 했다. 그 집은 천장이 높아 집주인이 원하는 대로 복층을 설치할 수 있는, 이른바 재량껏 확장이 가능한 공간이었기 때문이다. 대만의 주택산업은 에너지가 충만하여 시차를 두고 신선한 아이디어가 속출하고, 일단 성공하면 트렌드가 되어 크게 유행하면서 제2, 제3, 제4, 제5, 제6세대로 빠르게 진화한다. A 타입을 가지고 놀다가 질리면 바로 B, C, D 타입이 출현하여 바통을 이어받는다. 쇼윈도에 진열된 바비 인형처럼, 며칠 안 되어 또 다른 공주님이 총애를 받는다.

청소가 막 끝난 빈집에 들어가 보니, 면적이 넓진 않으나 있어야 할 공간은 다 갖춰져 있고, 천장은 친구의 말대로 2층 정도의 높이였다. 자연 채광과 통풍 조건도 좋았다. 거실과 식당이 좀 작지만, 오픈 키친을 만들고 독립된 방들의 벽을 철거하면 편리한 생활공간이 될 테고, 침실은 작아도 옷을 수납하는 공간을 마련하면 집 전체 평면 배치가 적합할 것 같았다. 다음으로 중요한 건 복층 아이디어를 어떻게 전개해나갈 것인지의 문제였다. 이때 흥미로운 공간을 하나 발견했다. 2층 높이의 그 작은 집에 미래의 집주인이 복층을 만들 수 있도록 바닥 공간은 비워뒀지만, 세심한 건축업자가 1층에서 사용할 화장실을 만들면서, 1층 화장실의 바로 위쪽에 2층 화장실도 미리 지어놨던 것이다. 그 위쪽의 화장실은 아직 복층을 만들지 않았으니 계단도 없이, 소속 불명의 상태로 외딴섬이 되었다. 가닿을 수 없는 화장실이라니. 순간 이 공간에서 농염한 선禪의 정취가 가득 느껴졌다. 이 초연한 듯 고독한 화장실이 완공되었을 당시의 장면을 상상해보면, 이걸 만든 사부님은 이심전심, 염화미소를 지으며 1층의 속세로 돌아갔으리라.

지금까지의 이 세 가지 크지도 작지도 않은 공간 체험은 나에게 여러 가지 심오한 깨달음을 주었다.

줄곧 소홀히 여겨왔던 공간이
어쩌면 가장 고약하게 성질을 부릴지도 모른다.

전 남친

―――

매번 정해진 기간이 돌아올 때마다 이사를 하거나 재계약을 해야 하는 셋집은 마치 길지도 짧지도 않은 사랑 같다. 모든 여성에게 반드시 전 남친이 있는 건 아니지만, 이사한 경험은 분명 있을 것이다. 지난번 이사했을 때 이런저런 일로 마음이 놓이지 않고, 인연을 끊기 어려웠던 일들을 기억하고 있는가? 혹은, 다시는 뒤돌아보지 않겠다고 마음을 먹지만 아무리 정리하려 해도 정리할 수 없는 마음은?

흔히 셋방살이를 이야기할 때 해서는 안 될 말은 '거두절미掐頭去尾'이다. 왜냐하면 하이라이트는 언제나 시작과 끝에 있는 법이니까. 나머지는 점점 그 집에 빠져들게 된다거나, 이랬다저랬다 되풀이되는 이야기들, 그리고 슬슬 별 볼일 없이 흥미가 사라지거나 무미건조한 느낌을 주는 자잘한 일상 이야기이다. 첫 시작으로, 어쩌다 운이 트이는 날이면 생각도 영민해진다는데 그런 날 첫눈에 반하게 될 집을 만나는 이야기를 해보겠다. 처음으로 눈을 맞추게 되는 그날 오후, 3시의 햇살이 거실 바닥에 선정적인 각도로 떨어지고, 아래층 이웃이 핸드드립으로 내리고 있는 에티오피아 예가체프의 향기가 베란다를 통해 틈입하는 그때, 집을 보러온 그녀는 지금 당장이라도 이 집과 '함께'하고 싶어 애가 탈 것이다. 다음 날이 되면 바로 귀중품(계약금)을 갖다 바치고 아름다운 약속(계약서)을 모두 지켜주고 싶어진다.

그러고는 그녀는 어떻게 그 집 실내를 배치할 것인지를 계획한다. '장식'이 아니고 '배치'라는 점에 유의해야 한다. 지금 그녀는 단지 연애 감정에만 빠져들기를 원하고 있기 때문이다. 독립적이고 쿨한 그녀는 '현모양처'되기를 서두르지 않을 것이고, 자기 자신을 영구적인 계약에 묶거나, 유행가 가사에 나오는 '내가(여자) 생각할 수 있는 가장 로맨틱한 일은 바로 당신(남자)과 함께 천천히 늙어가는 것'이라는 내용에 아직은 동의하지 못한다!

그녀는 어울리는 가구와 장식품을 고르고, 새로운 창문 커튼을 달고 침대 시트를 갈아 끼울 것이다. 새로운 기분과 익숙한 느낌이 공존한다. 물론 옛사랑이 남긴 재활용품도 있겠는데 이건 뭐 미련 같은 건 아니고, 그냥 절친들이 많이들 얘기해줬던 것처럼 각 남자 주인공들에게는 몇 가지 동일한 특징이 반복돼서 그런 것이다. 솔직히 말하자면 자기 스스로도 버리기엔 아까워서 그런 거겠지! 그다음, 그녀는 새로운 집이 주는 삶의 즐거움을 기꺼이 친구와 함께 나누고 싶어 한다. 마치 〈섹스 앤 더 시티〉에서 캐리가 미스터 빅과의 사랑을 룸메이트들에게 서둘러 알리고 싶어했던 것처럼, 그녀도 절친들의 부러움 가득한 질투의 눈빛을 기대하기도 한다. 그리고 그녀는 그 집에서 가장 빠른 시간 내에 가장 많은 아름다움을 경험하고 싶어 한다. 부엌에서는 로맨틱한 요리를 만들며, 거실에는 연약하고 프레시한 코스모스 화분을 들이고, 욕실에서는 세이지의 향기가 풍겨야 한다. 그리고 침실에서는 매일같이 밤마다 위안을 주는 색다른 웃음소리가 들린다. 그리고… 그리고 다음에 그리고… 단조로운 일상의 소소한 말썽들이 슬그머니 싹을 틔운다. 먼저 세면대에서 누수가 시작되고, 그러다 어느 날 아침에는 천장에다 대고 왜 부엌 싱크대의 굽도리널에서 빌어먹을 바퀴벌레가 나오느냐고 소리를 지르고 있다. 그다음에는 향기 좋은 커피를 잘 내려 마시던 아래층 이웃이 왜 하필 야밤에 〈호텔 캘리포니아〉를 듣는 것인가. 심지어는 아래층 베란다를 통해 담배 연기까지 솟구쳐 올라와 불만에 가득 찬 그녀에게 간접 흡연을 시키기도 한다. 그러다 어느 날 이렇게 혼잣말을 중얼거리기 시작한다.

"하루 종일 일하느라 너무 지쳐서 집에 돌아가면 아무 일도 하고 싶지 않아. 누가 나더러 집 안에 있는 식물들을 돌보라고 하면 그 사람과 절교해버릴 거야!"

'낙타를 쓰러뜨리는 마지막 지푸라기'(낙타가 얼마나 많은 짚을 운반할 수 있는지 알고 싶어 계속 짚을 얹다 마지막 지푸라기 하나에 낙타가 깔려 죽는다는 고사가 있다)처럼 결국 서서히 참을성의 임계점에 도달한 그녀는 아마도 이 남친에게 지친 것 같다.

그녀는 다시 셋집 광고에 신경을 쓰기 시작한다. 페이스북에 남친과 함께 있는 모습을 더이상 올리지 않는다. 세심한 친구들이 더 좋은 집을 알아봐주기 시작한다. 뷰가 이보다 더 좋을 수는 없는 집, 화강암으로 지은 성곽과도 같은 고급 주택, 지하철 환승역세권에 있는 집, 녹지 및 공원이 많은 지역으로 유명한 골목에 있는 집 등. 그녀가 진짜로 원하는 건, 집을 지을 빈터와 그녀에 대해 잘 알고 있는 건축가 한 명일지도 모른다.

그리고 나면 매번 이삿짐 싸는 시간이 온다. 그리고 다시는 물건도, 책도,

신발도, 옷도, 놀잇감도 사지 말자고 스스로에게 되뇌인다. 그때 갑자기 집이 처음 봤을 때의 풋풋한 모습으로 다시 돌아왔음을 깨닫는다. 헤어지기가 아쉬운 마음인지 아닌지 말로는 표현하지 못하겠지만, 어쩐지 소설의 마지막 페이지까지 넘어갔으니 손을 떼야 할 때가 된 기분이다.

그래서, 그녀의 전 남친은 시끌벅적한 도시에 있는 엄친아(키 크고 돈 많고 잘생긴 남성) 빌딩일까? 아니면 여유 있는 샤오셴러우(小鮮肉, 나이가 어리고 몸매가 좋은 남성) 단층집일까? 물론 조용한 골목에 있는 오래된 아파트일 수도 있고, 아마존 정글의 근육질 몸짱처럼 미지의 가능성이 있는 옥탑방과 별이 총총한 하늘을 가진 커다란 펜트하우스였을 수도 있다. 그를 그리워하거나, 아니면 마음 굳게 먹고 잊어버리는 게 나을까? 아니면… 아니면 그의 페이스북에 안부 메시지를 남겼을 때, 갑자기 페이스북 메뉴의 감정상태가 '안정적으로 교제 중'이라고 바뀌었다는 걸 발견하고는 그 집에 이미 새로운 주인이 입주했다는 걸 알게 될지도 모른다.

어렵다, 정말 어렵다.

지하철에서 전 남친과 마주치면

어떤 인사말을 건네야 할지…….

다행히도 나는 남자다.

첫눈에 반하는 집

———

첫눈에 반하는 사랑은 어디에나 있다. 때로는 첫눈에 반하는 집을 잡지에서 발견하기도 한다. 영원히 시들지 않는 꽃처럼 존재하는 잡지의 2차원 평면 세계에서 그 페이지가 열리는 동시에 그를 사랑하게 되기도 한다. 그는 문학과 예술 감각이 넘쳐 콧구멍이 막힐 듯 멋진 이름이 있겠으나 〈들장미 소녀 캔디〉의 등장인물인 앤서니, 테리우스 등과 같은 이름은 분명 아닐 테고, 패션의 문맥과 편집 품격에 어울리는 시적인 이름일 테다. 맑은 날이면 언제나 집 뒤쪽으로 지는 황혼의 노을빛에 불가사의하게도 퍼플 블루 색채가 있어 하늘을 푸르게 물들인다. 바다처럼 그윽하고 어느 아랍 산유국 왕자의 푸른 눈동자처럼 애틋하고 순진무구하다(그의 아빠는 너무 부자이고 엄마는 너무 아름다우므로 그가 너무 잘생겼다는 이유로 탓할 수는 없으니 무구無垢하다고 표현할 수밖에). 잡지의 사진은 그녀를 먼지 한 톨 없는 거실로 데리고 들어간다. 적절하게 계산된 광선이 바닥에 고르게 드리워지고, 그 거실에 놓인 가구와 장식품의 위치는 왼쪽으로도, 오른쪽으로도 단 1센티미터도 치우치면 안 된다. 아마 그녀에게 보여주는 각도까지도 어떤 의도성이 담겨 있을 것이다.

그리고 식당에서 부엌까지, 온실에서 와인 저장고까지, 천장 샹들리에로 부터 대리석 깔린 바닥의 이음매에 이르기까지 모두 '품위'라는 마귀가 달라 붙어 있으며, 기침 소리마저도 궁정의 어법 예절에 따르는 것 같다. 여기에 살게 되면 분명히 공주처럼 살게 될 것이라 짐작하겠지만, 오히려 귀족의 혈 통을 지닌 유령과 더 비슷할 거라는 게 내 생각이다. 잡지의 마지막 페이지 를 넘길 때쯤이면 결국 이 사랑의 감정은 끝날 것이다. 그녀는 돌아서서 떠 날 결심으로, 시들지 않는 인조꽃들을 이 집의 연인으로 남겨 두고 잡지 책 장을 덮고 테이블 램프를 끈 다음 좋은 추억만 가지고 다시 싱글로 돌아온 다. 이렇게 첫눈에 반하는 집은 건축 모형처럼 가장 멋진 상태로 보존하는 수밖에 없다. 혹은 첫눈에 반하는 집이 모델하우스에 있다면, 그녀는 문 앞 에 도착하는 즉시 그의 페로몬을 맡을 수 있다. 일반적으로 세이지와 소량의 캐머마일 향기가 난다. 훈련이 잘된 우아한 집사가 은은한 에센셜 오일 향기 를 날리며 그녀를 안방으로 안내한다. 집에 대한 배경지식에는 보통 어떤 예 술사조의 유파, 혹은 우리가 반드시 알아둬야 할 라이프 스타일에 관련된 이 야기가 포함된다. 그녀가 앉아 있는 특별한 모양새의 그 소파는 유명한 디자 이너가 신의 한 수를 빌려 만든 제품이고, 발이 딛고 있는 카펫은 두바이 버 즈 알 아랍 호텔에 깔린 것과 동일한 가문의 혈통이며, 벽에 있는 대리석의 이름은 일본 대문호의 이름과 한 끗 차이에다가, 메인 침실의 테이블 램프는 비욘세의 별장에 있는 것과 똑같은 제품이라고 들었다. 이쯤까지 구경하다 보면 그녀는 와우~ 소리를 계속 내지르느라 입술에 근육통이 났을지 모르지 만, 그 근육의 시큰거리는 느낌조차 블링블링한 다이아몬드로 테두리를 두른 상태였을 것이다.

진정한 하이라이트는 사실 부엌에 있다. 이탈리아에서 공수해온 싱크대 세트는 아주 맑고 투명한 재질에 대담하고 화려한 디자인뿐만 아니라 설비와 기능 면에서도 모두 훌륭하다. 굽고 끓이고 볶고 부치고 삶고 지지고 찌고, 할 수 있는 일은 이 일곱 가지뿐만 아니라 여덟 가지, 아홉 가지보다 더 많다. 모든 기능이 마술처럼 말만 하면 뚝딱 맛난 요리들이 한 상 가득 나오니 멋진 시간만 즐기면 되시겠다. 하지만 여기에서의 갖가지 꿈같은 삶의 표본들은 말하자면 그렇다는 것이지, 첫눈에 반하는 이곳은 그저 사랑하는 연인의 잘생긴 얼굴과 외양만 만질 수 있게 해줄 뿐이다. 그가 영원히 그녀에게 다정하게 웃는 까닭은 그에게는 그 표정 하나밖에 없기 때문이다. 모델하우스에서는 매일이 다 좋은 날이다. 그녀는 모델하우스를 상대로 드라마 속에 등장할 법한 사랑을 나누고, 그 집을 떠나는 날은 드라마에서도 하차하는 날이다. 나중에야 그녀는 알게 된다. 진정한 사랑은 '다른 곳'에 있는 게 아니라는 사실을. 그리고 책 속에도, 쇼윈도 안에도 없다는 것을. 그는 바로 '여기'에서의 생활 속에 있다. 웃을 줄도 알고 울 줄도 알며, 탈선을 하기도 하고 멍 때리기도 한다. 턱을 말끔하게 면도한 사람도 있고 구레나룻이 있는 사람도 있지만, 똑같은 얼굴이 없다는 건 보증할 수 있다. 왜냐하면 그는 피부와 몸, 골격이 있고 감정과 따뜻한 체온이 있는 사람이기 때문이다. 일상의 흔적이 있어야 사는 맛도 나고 집도 숨을 쉴 수 있다. 이런 거주 철학에서의 삶은 그녀가 직접 매일 한 장씩 뜯어내는 일력의 종이처럼 들쭉날쭉하다. 아무리 신경을 써봐도 똑같은 모양으로 떼는 것은 불가능하다. 이와 마찬가지로 공주가 왕자를 만나도 나중에 절대 싸울 일이 없을 거라는 보장은 하기 어렵다. 게다가 몇 년만 지나면 더 이상 젊어 보이지 않는 아줌마와 아저씨가 된다! 첫눈에 반하는 건 말하자면 일종의 추락과 같은 것이다. 반짝반짝 빛나지만 잘못해서 바닥에 떨어뜨리면 쪽이 나고 마는 법랑 인형처럼 꿈도 조각나게 된다. 아마도 실제 삶 속에서 만나는 사람과 하루 또 하루 정을 쌓아 안정적으로 자리를 잡는 것이 더 이치에 맞을 것 같다. 진정 행복하고 아름다운 집이라면 노인이나 어린이에게조차 양심에 부끄러운 일은 하지 않으며, 집에서 기르는 말·소·양·닭·개·돼지도 번성하리니!

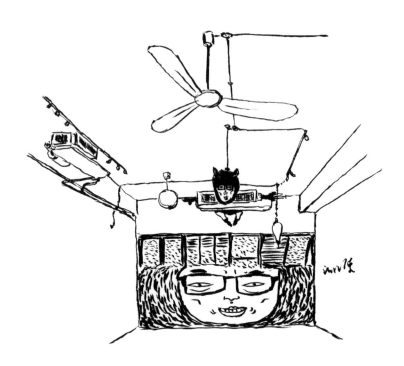

내 짐작으로는,

첫눈에 반하는 풍경에서는 반드시 첫눈에 반하는 사람…의 냄새가 난다.

가구 인간

가구와 우리의 관계는 가족과도 같으며, 가끔은 가족보다 더 친밀할 수도 있다. 우리가 기쁠 때는 그가 우리를 껴안고 함께 기뻐해주고, 슬플 때는 우리가 그의 몸체를 짓누르고 괴로움을 토로하며, 심지어 주먹으로 두어 대 내리쳐도 묵묵히 아무 말도 하지 않는다. 연인이 쿨하게 우리를 떠났을 때는 오직 우리의 가구만이 남아 서로를 지킨다. 물론 나도 떠나간 그 사람이 올 때 함께 데리고 온 가구들을 도로 달라고 했다는 얘기는 들었지만, 남아 있는 사람은 정말 힘들고 속상할 텐데 이런 때는 어떻게 해야 좋을지.

사람들은 마치 가구에 영혼이라도 이식할 듯, 매일매일 가구에 자신의 몸을 의지한다. 그러다 사람과 가구는 서로에게 속하는 존재가 되고, 거기에서는 또 다른 자아가 생겨난다. 사람의 감정과 행동이 가구에 내면화되면서, 아무도 없을 때면 가구와 수많은 걱정과 속내를 나누는 사이가 된다.

만약에 가구들에게도 생명, 개성, 감정, 의견이 있는 세계가 존재한다면 그들 또한 사람들과의 관계에서 슬프고 괴롭거나, 은혜, 원한, 사랑, 근심의 감정을 느끼는 게 마땅하다. 가구들의 세계에서도 줄리엣을 닮은 의자와 로미오 같은 침대가 몇 분은 더 나오시지 않겠나!

집 안에서 가장 큰 가구는 '침대'일 것이다. 가장 크다는 말은 그 사이즈만을 따져서 이야기하는 게 아니라, 이 양반이 인류의 3분의 1의 시간을 지배하는 존재라서 그렇다. 나머지 3분의 2의 시간도 이 3분의 1의 시간이 더 나은 시간이 될 수 있도록 노력하는 데 바쳐진다. 왜냐하면 모든 사람의 유전자 계승 문제가 대부분 침대와 관련이 있기 때문이다. 그는 침실의 어르신이며, 네 발을 뻗으면 닿는 모든 곳이 그의 지지기반이고, 다른 사람들은 모두 그의 명령만 따라야 한다. 어르신이 오늘 밤에 기분이 좋아서 우리에게 꿀잠을 허용하면 내일 아침에는 멋진 사내대장부나 미녀가 될 수 있을 거고, 안 그러면 아침이 밝아오기를 기다리다 꾸벅꾸벅 조는 '병든 닭'이나 다크서클 짙게 드리운 판다가 된다.

'의자', 하면 제일 먼저 떠오르는 분은 국어 선생님이다. '모든 디자이너는 자기만의 의자가 있어야 한다'는 말을 누구에게선가 들은 적이 있다. 나는 '모든 문학청년에게는 잊을 수 없는 중학교 국어 선생님이 있다'는 말을 하고 싶다. 의자는 다분히 스승이라고 말해도 되지 않을까 싶다. 앉아 있으면 학식과 교양, 예절을 가르쳐주는 그 의자는, 앉아 있는 사람을 여유 있고 우아하게 보이게 한다. 의자가 우리를 당시송사唐詩宋詞의 세계로 안내할 때, 시구를 짓기 위해 억지로 슬픔을 짜내게 하던 의자에서 침향목 잔향의 여운이 느껴진다. 우리에게 『삼국연의』를 알려주고 『수호전』 협객들의 세계를 보여주며, 고전소설과 희곡 속 영웅호걸과 미인들의 멋지고 낭만적인 이야기까지 말해주면, 의자에 있던 우리는 쉬즈모(徐志摩, 1897~1931. 시인, 산문가)와

루샤오만(陸小曼, 쉬즈모의 세 번째 부인)에 빙의된다. '일인용 의자'는 가장 문예성이 있는 가구이다. 어찌 된 일인지 분야를 가리지 않고 경계를 넘나드는 건축의 대가들은 최소한 일인용 의자 하나쯤은 디자인해서 오랜 세월에 걸쳐 그 이름을 후대에 남긴다.

'책상'은 앉아 있고 싶은 가구이기도 하고, 할 수 없이 앉아 있어야 할 때가 있는 가구이기도 하다. 우리가 책상에서 읽고 쓰고 일을 하는 건 지식을 연마하고 자질을 높여, 그로 인해 향상될 사회적 지위를 위한 것이다. 하지만 그래도 우리는 책상에서 자주 게으름을 피우고 게임이나 페이스북에서 헤매다 도저히 하고 싶지 않은 숙제들이 쌓인 걸 보면서 후회하는 경우가 많다. 자신의 손을 자르거나, 책상 다리를 잘라버리고 싶을 정도로. 가끔은 책상이 순진무구한 소녀 천사 같기도 하고, 때로는 악마처럼 사악한 악당 같기도 하다. 이건 사실 자기 자신을 대면하면서 어색하고, 곤혹스럽고, 비사교적인 면모를 발견할 때의 여러 감정이 섞인 정서를 반영한 것이다. 누군가 말하기를, "우리가 읽은 책이 우리를 만든다"고 했는데 책상의 정서도 그렇다. 당신이 요괴라면 당신의 책상도 그와 똑같은 요괴가 된다.

'옷장'은 비밀을 충실하게 지키는 성격이어서, 바람을 피우는 남성들과는 형제 같은 절친이 되고, 바람을 피우는 여성들과는 남사친이 된다. 사람들이 비밀을 감추고 싶은 장소로 가장 먼저 선택하는 곳은 항상 옷장이다. 청소년들이 몰래 숨기는 잡지나 중년 남성들이라면 하나쯤 소장하고 있을 불법 동영상 CD, 전 남친이 보낸 러브레터, 지난 회에 당첨된 로또 복권까지……. 모두들 옷장에서 보금자리를 찾을 수 있을 게다. 옷장에 무슨 철벽 보안의 비밀번호 같은 것이 있어서 그렇게 된 건 아니다. 어린 시절에 술래잡기 놀이를 할 때 옷장 사이즈가 숨기에 딱 적당한 꿈의 공간이었고, 문만 닫으면 셜록 홈스가 와도 찾을 수 없는 깜깜하고 신비한 장소가 되기에, 그냥 무의식적으로 옷장이 쉽게 들키지 않을 가장 안전한 은신처라고 생각했던 것 같다. 그대는 보지 못했는가, 시트콤에서 바람 잘 날 없이 매번 들키기 직전까지 가는 좀도둑이나 불륜 상대자가 제일 먼저 숨어드는 곳은 늘 옷장이며, 그들을 영원히 들키지 않게 하기로 암암리에 약속이라도 한 듯 드라마의 주인공은 그들과 호흡이 척척 맞는다. 아마도 사람들의 마음속에는 지키고 싶은 비밀이 하나씩은 있을 거다. '옷장'에 남겨두고 싶겠지!

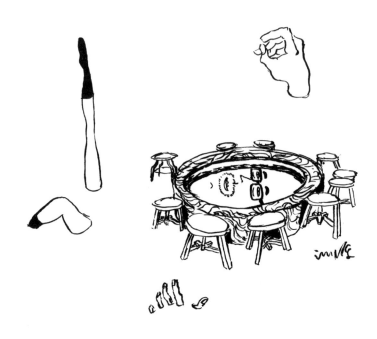

공간에는 언제나 비밀을 도청하는 귀가 있다는 사실을
당신은 영원히 알아채지 못한다.
그 귀는 테이블 다리일 수도 있고, 서랍 손잡이일 수도 있고,
볼품이 없어 눈에 잘 띄지 않는 작은 취침등일 수도 있다.

당신이 사는 집의 현관

———

'현관'은 잘생긴 집사다. 가즈오 이시구로의 원작 소설을 영화화한 〈남아 있는 나날The Remains of the Day〉에 등장하는, 독신에 결벽증이 있고 영국식 취향과 매너를 가진 앤서니 홉킨스 스타일의 집사 말이다. 만약 앤서니 홉킨스의 동료였던 하녀장 엠마 톰슨과 닮은 어떤 여성이 있다면. 영화 속에서 그가 연기했던, 스스로를 억제하는 신중한 방식으로 그 여성을 사랑하게 될지도 모른다. 요리 만들기를 좋아하는 내 친구 L의 현관 스타일이 딱 이렇게 생겼는데, 집주인도 마침 최근에 다시 싱글로 돌아왔다.

'현관'은 도대체 어디까지 스위트할 수 있을까? 현관은 매일 아침에 가장 먼저 일어나 자신을 깔끔하게 청소한 뒤 조용히 문 앞에 서서 겸손하고 자신감 있는 태도와 다정한 눈매의 엘리트 같은 모습으로 거울 앞에 서 있다. 당신이 외출할 때는 벽면의 작은 화이트보드에 적힌 내용을 신신당부하고, 가끔은 세븐일레븐에서 받은 행운의 스티커를 붙여 응원하기도 한다. 나갈 때 챙겨야 하는 열쇠, 지갑, 교통카드에다 현관 스스로의 모습까지 모두 질서정연하게 당신의 눈앞에 펼쳐놓는다. 마지막으로 당신이 거울을 향해 미소만 한 번 지어주면 현관은 편안한 마음으로 하루를 지낼 수 있다.

긴 하루가 거의 끝나갈 무렵 당신은 피로에 지친 몸으로, 역시 힘들게 일한 서류가방을 들고 집으로 돌아온다. '현관'의 센서등이 치유의 작은 불빛을 켜면 조용히 문 옆에서 기다리다가 당신이 주머니에서 꺼낸 한 움큼의 잔돈, 영수증과 청구서를 세심하게 정리한다. 다른 한 손으로는 서류가방을, 가끔은 젖은 우산을 함께 받아들어 묵묵히 처리하는 모습이 어스름히 비껴들어오는 저녁노을 속에 그림자를 남긴다. 그러고는 영국식 악센트의 선율로 인사를 한다. '주인님 수고 많으셨습니다!'

'현관'은 이따금 박물관이 되기도 한다. 무슨 물건이라도 이곳에서는 박물관의 보물 노릇을 할 수 있다는 얘기다. 주인의 취향에 따라 바비 인형 덕후, 트랜스포머 덕후, 추이위바이차이(翠玉白菜, 취옥백채. 흰색과 녹색을 지닌 천연 통옥으로 배추를 조각한 작품, 대만 국립고궁박물관에서 가장 인기가 있는 전시물로, 다른 유물들은 3개월마다 교체되나 이 취옥백채는 교체 전시되지 않는 유일한 품목) 덕후, 나라 요시모토(奈良美智, 1959~ 일본 네오 팝 세대를 대표하는 화가, 조각가)의 악동소녀 덕후 등이 섞여 있다. 아니면, 여러 가지 재질로 조각을 해서 러시아 인형 마트료시카처럼 줄줄이 세워놓은 관음보살상 덕후덕후덕후(너무 놀라운 일이라서 세 번은 외쳐야 한다)도 있다. 어렸을 때 소꿉놀이를 해본 사람들은 아마도 마음속에 나름대로 궁리해놨던 게 있었을 거다. 나중에 커서 집안일에 주도권을 잡게 되면 반드시 좋은 가구들과 가전제품, 소소한 일상용품 및 자신의 취향과 품격을 나타내줄 수 있는 수집품 몇 개는 들여놓겠다든가 등등. 수집품 몇 개를 현관에 전시해놓고 집에 놀러 온 친구에게 자랑하면서 내심 흐뭇하게 여기고 친구의 칭찬도 받고 그러면 좀 좋은가. 어쩌면 유아 시절의 구강기가 연장된 것인지도. 아무튼 고상하고 우아한 주제로 손님과 주인이 기쁨을 느낄 수 있고, 온 집 안에 웃음이 가득 차는 것만으로도 덕을 쌓는 일이라 할 수 있겠다!

'현관'은 미궁이다. 일찍이 내가 보아왔던 현관 중 최고로 오묘한 현관을 경험한 적이 있다. 산속에 자리 잡은 집으로, 집 앞에 거대한 보리수나무가 있고 디딤돌이 깔린 바닥에 드리워진 나무 그늘을 따라 걷다 보면 오목하게 파인 공간이 나온다. 거기에 다섯 평쯤 되는 테라스가 있었다.

벽에는 자전거가 세워져 있고, 세인트버나드종의 개를 위한 개집 하나와 주인이 직접 만든 벤치가 서너 개, 그리고 공구들이 여기저기 흩어져 있었다. 발동이 걸리면 언제든 목공 작업의 손맛을 즐기는 모양이었다. 여기가 현관이겠지, 라고 생각하는 순간 주인이 나를 안쪽으로 데리고 들어간다. 곧이어 나오는 회랑을 통과하고 작은 정원을 돌아서 지나갈 때까지 건물의 현관이나 문을 발견하지 못했는데, 난 이미 도연명이 시에서 묘사한 '도화원桃花源' 별천지에 들어선 듯 분위기에 취하여 방향 감각을 잃어버렸다. 작은 정원에 있는 벚꽃나무 옆 큰 물항아리를 돌아 몇 발짝 걸으니 갑자기 대청이 내 눈앞에 나타났다. 그제야 비로소 깨달았다. 현관이 진짜로 있는데도, 구체적으로 어디인지 알 수 없을 때가 있다는 것을. 현관은 없어도 있는 것이고, 바깥에 있기도 하지만 집 안에 있을 수도 있다는 사실을. 목적지에 도달했다고 생각하지만, 사실은 아직 가는 도중에 있고, 이미 떠난 줄 알았는데 사실은 줄곧 제자리를 맴돌고 있는 것인지도 모른다. 세상을 살아가는 '없음의 철학'을 공간으로부터 배운 셈인데, 은근 중독성이 있다! '현관'은 그저 집에 딸린 '문장 부호'의 위치에 머물 수도 있고, 집 입구에서 '부사구副詞句'의 배역을 맡을 수도 있다. 이런 역할이 달갑지 않다면, 완전히 독립적인 작품으로 만드는 것도 가능하다. 기분이 내키면 가끔은 서브 남자 주인공이 아닌, 메인 남자 주인공 역할을 맡길 수도 있고, LP 음반의 타이틀곡은 아니어도 B면 첫 번째 곡이 될 수도 있지 않을까. 당신의 현관은 당신을 닮았는가?

166

현관으로 가자, 현관을 지나가자!
집을 나서기 전과 집에 돌아오는 순간,
가장 부드럽고 다정한 소리를 들을 수 있는 곳이
현관이라는 사실을 당신이 알게 될 때까지.
그래서 현관도 (침실, 거실, 부엌 등과 마찬가지로) 집 안에서
하나의 유의미한 목적지가 될 때까지.

계단 놀이

―――

'공간'을 경극에 비유하자면, 계단이 맡은 역할은 수천만 가지로 변화해왔다. 남녀 주연 배우가 무대에서 어떻게 되는지에 따라 존재가 부각될 수도 있고 만약 시끄러워서 싫다고 하면, 사람들이 눈치채지 못하게 어물쩍 사라지기도 한다. 계단은 사람들이 걸어서 지나갈 수 있게 하려고 만드는 것인가? 나는 오히려 사람들이 멈춰 설 수 있도록 하기 위해 만드는 것이라 생각한다. 사람의 마음은 언제나 동경하고 있는 곳을 바라보는데, 실상 그 동경하는 장소의 진정한 의미는 늘 잊어버리고 만다. 그 장소는 지금 이 시간에 내딛는 발걸음에 있다. 그 걸음을 그림자처럼 따라다니며 잘 관찰해보면, 가장 비중이 큰 배역과 가장 풍요로운 대사가 숨겨져 있다는 걸 감지할 수 있다.

계단이 단순한 문장 부호인 '―'에 불과한 거라면, 단지 아래층에게 위층의 의미를 설명하기 위해 존재하는 것일지도 모른다. 하지만 계단이 무대에 나왔다 금세 사라지는 존재라 해도, 악기 연주 장면에서는 착실하게 한 번씩은 등장해줘야 한다. 황동을 두드려 만든 난간에 손을 휘감아보면 마치 흐르

169

는 구름과 흐르는 물과 같은 섬세하고 부드러운 느낌이 난다. 또한 고대의 미인이 작은 발로 연꽃처럼 가볍게 움직일 수 있게 하는 와인빛 붉은색의 양탄자가 깔린 바닥을 보라. 얼마나 진정성 있는 문장 부호인가!

그런데, 만약 계단이 극의 주인공으로 나온다면, 사람이 살 수가 없게 된다! 그 첫째 이유는 계단의 우아하고 매혹적인 자태가 사람들을 홀리기 때문이다. 등뼈에서 종아리로 미끄러져 내려오는 곡선을 보면, 그 치마폭 아래 엎어지고 싶어서 평생을 아래층에 있게 되기를 진심으로 원한다. 게다가 높다랗게 걸려 있는 눈부신 크리스털 샹들리에가 메두사의 머리카락이 변하여 생겨난 천만 마리 실뱀의 눈빛처럼 치명적인 페로몬을 우리에게 방출한다. 그래서 먼발치에서 계단으로 가까이 접근하는 것만으로도 발걸음이 자신도 모르는 사이에 예의 바르게 바뀐다. 그리고 계단은 우리를 부축해주려고 새하얀 팔을 드리우고 있다. 이탈리아 대리석 광산에서 공수해온 대리석으로 조각한 난간은 『시경』에 나오는 시의 한 구절인 '손은 띠풀의 어린 이삭처럼 부드럽고, 피부는 희고 매끄럽다네(手如柔荑, 膚如凝脂)'에 딱 들어맞는다. 단 1그램의 무게로 힘주어 눌러도 부서질까 두려워 힘조차 쓰지 못하고 조심스럽게 대한다. 그리고는 본 공연이 시작되기 전의 첫 계단을 밟았을 뿐인데 마치 와인 잔을 입술에 대기만 해도 이미 취한 느낌이 드는 것과 똑같은 상태가 된다. 계속해서 한 계단을 올라갈 때마다 시를 한 수씩 읊고 싶어지는데, 첫 계단에서 끝 계단까지 총 세 편쯤의 소네트를 읊어줘야만 계단참에 숨어 지켜보고 있을 소네트의 마술사 셰익스피어의 존재 가치에 걸맞은 대우가 된다.

말로 다 형언할 수 없을 만큼 사랑스러운 표정의 이 여신과도 같은 존재인 계단을 다 올라가버리기가 못내 서운할 텐데, 어떻게 위로 올라가야 안타깝거나 아쉽지 않을까. 부처님이 늘 우리에게 지금 이 순간의 중요성을 강조하지 않으셨던가. 지금이 바로 이 말을 실행에 옮겨 깨우쳐보기에 딱 좋은 기회이다. 그건 그렇고, 사람들이 한 걸음 한 걸음 계단을 특별하게 의식하며 밟고 있다는 걸 계단이 감지하기 시작하면, 계단 역시 온전하고 명확하게 그 공간의 의미를 정의할 수 있게 된다. 사람들이 계단에서 걷고 멈추는 움직임과 분위기는 계단에 장소성을 부여하고, 계단도 사람들에게 삶의 기억을 하나둘씩 새겨준다. 그 공간에서 오르락내리락하면서 이동하는 시점들이 이 수직 방향의 작은 여행에 예상치 못한 풍경을 더해줄 때, 계단은 그 건축물이 낳은 '아들' 건축물이라 해도 과언이 아닐 것이다.

뭐니뭐니 해도 내가 본 가장 멋있는 계단은 보이지 않는 계단이었다. 뉴욕 구겐하임 미술관에서 한 편의 느린 시詩처럼 걷는 동안 벽에 걸린 그림들은 몇 번이고 되풀이해서 사람들의 이목을 끌어당겼다, 풀어줬다를 반복하면서 각 층 사이의 경계를 흐릿하게 만들어버린다. 그림을 보면서 앞으로 계속 나아가다 꼭대기에서부터 쏟아져 내리는 빛이 바닥에 아름다운 무늬를 그리는 것을 보고서야, 관람객들은 문득 꼭대기 층의 전시가 끝나는 지점에 도달했음을 눈치채게 된다. 마치 자신이 자라고 있다는 사실을 눈치채지 못한 채 늙어가는 인생과도 같다! 〈바람과 함께 사라지다〉라는 영화에서 스칼렛 오하라가 계단 난간에 기대며 뒤돌아서서 레트 버틀러를 바라보면서, 아주 피곤하지만 어느 정도는 희망을 가지고 이야기하던, '그래도 내일은 내일의 태양이 뜰 거야'라는 대사를 영영 잊을 수가 없다.

위층과 아래층을 오가는 그 장면에도 늘 새로운 플롯이 등장할 것 같다!

아마도 아마도 아마도…….
마음 졸이게 하는 장면에는
마음 졸이게 하는 계단이 있는 것 같다.

볼거리가 많은 골목

─────

줄거리를 한눈에 알아차릴 수 없는 연극이 일반적으로 가장 볼만하다. 도시가 연극 무대라면 번화가의 주요 도로는 당연히 제일 앞서 나가는 연극이라고 할 수 있겠다. 대형 고층 빌딩들, 교태를 부리고 추파를 던지는 잔망스러운 건물들이 동서남북으로 뻗은 각 주요 도로에서 요란하게 아름다움을 다툰다. 대만 총통부가 위치한 정치의 중심지 보아이 특구처럼 관료적인 분위기를 풍기는 다시(大戲, 중국의 전통적인 희곡. 연출 규모가 크며 완결성 있는 구성과 복잡한 줄거리 및 악곡으로 이루어진 극을 말한다), 밤문화를 즐기기 좋은 타이베이 둥취台北東區와도 같은 화창(花腔, 가곡이나 희곡의 기본 가락을 일부러 굴절시키거나 복잡하게 부르는 창법)과 우시(武戲, 활극, 무술극), 중산베이루中山北路처럼 관능적으로 가락을 붙여 노래하는 창댜오長調를 즐길 수 있다. 그리고 이불을 씌워 가려도 문학과 예술의 '끼'를 숨길 수 없는 융캉제(永康街, 음식점들이 많이 모여 있는 타이베이시 다안취의 거리)와 칭톈제青田街의 두 거리는 엎어지면 코 닿을 곳에 있으므로, 어느 한쪽을 가더라도 시끌벅적한 곳에 있으면 두 거리의 문文과 무武의 연극을 몰아서 몽땅 다 보고 즐길 수 있다. 그런데, 그런데, 나는 이렇게 남녀 주연 배우에게 가려서 무대 아래에 있는 사람들에게는 잘 보이지도 않는, 하지만 어설프고 삐딱하며 결코 얌전하지 않은 '무대 밖 연극'을 특별히 더 선호한다. 매일같이, 나날이 재미가 있고 멋진 팡휘 골목이 바로 '무대 밖 연극' 같은 장소다. 눈에 잘 띄지 않는 존재인 팡휘 골목이라는 배역에 대해 설명하자면, 수년 전 내가 타이베이라는 번화한 도시에 막 자리를 잡았을 때의 가슴 두근거리던 기억부터 소환해야 한다. 그때 나는 결혼을 해서 갓 태어난 아이까지, 이제 막 구성된 3인조 가족을 위한 집을 구하려고 골목에 있는 오래되고 낡은 아파트를 염두에 두고 마음에 맞는 곳을 찾고 있었다. 당시의 형편으로 엘리베이터가 설치된 고급 아파트에서는 살지 못해도 최소한 5층짜리 오래된 아파트에서 작은 하늘을 볼 수 있는, 호두처럼 작은 집은 구할 수 있을 거라 생각하고 있었다. 그때의 골목 탐험에서 나는 도시라는 커다란 양복의 안주머니에 들어 있는 고요하고 평온한 아름다움을 음미할 수 있었다. 무엇보다도 흥미로웠던 건 아파트 입구의 앞골목이었다. 경우에 따라서는 뒷골목이라고 부르기도 하는, 파오룽타오 (跑龍套, 중국 전통극에서 병졸·하인 등의 단역을 맡거나 보잘것없는 배역, 또는 그 일을 맡는 행위. 엑스트라, 보조 출연자의 뜻으로 사용하기도 한다) 같은 공간으로, 터놓고 말하자면 규모가 작아서 크게 자랑하기에는 좀 민망하지만 팡휘 골목은 역동적이며 활기가 넘쳐난다.

내가 소개하려고 하는, 이 도시에서 가장 풍요롭게 방치되는 정원을 보면 활기가 넘친다는 말은 절대 과언이 아니다. 바로 이 팡휘 골목 2층 베란다에서 몸을 앞으로 내민 화분과 식물들이 바로 그 정원의 주인공들이다. 가지마다 이리저리 어지럽게 널려 있는 부겐빌레아는 꽃 송이 하나하나가 마치 젊거나 나이든 집시 카르멘처럼 각기 다른 음역으로 화려한 꾸밈음의 콜로라투라coloratura를 부르고 있다. 누구에게도 지지 않고, 늙어가는 것도 인정하지 않는다는 듯이. 베란다마다 절묘한 몸놀림으로 붉은 꽃과 푸른 잎, 푸른 꽃과 붉은 잎으로 고유의 스타일을 형성하는 원예미학은 조용한 불꽃놀이와도 같다. 골목을 들어설 때마다 가장 먼저 눈에 들어오는 화려한 연극 의상은 언제나 2층 베란다의 꽃들! 혹시 공교롭게도 당신이 탐정놀이에 꽂히는 성격이라면, 골목에 숨겨진 알쏭달쏭 복잡하게 뒤섞여 아무것도 분명히 구별할 수 없는 이 공간의 표정을 절대 놓치지 마시기를. 당신은 그 안에 늘 긴장된 스토리가 몸을 숨기고 있다는 걸 느낄 수 있을 것이다. 미해결 사건이나 문제, 한순간의 홀림, 혹은 천년의 저주가 숨어 있을지도 모른다. 그리고 그 해결의 실마리들은 낙서로 얼룩진 담벼락에 나타나거나, 벽면으로 머리를 내밀고 슬그머니 웃고 있는 가스계량기일 수도 있다.

아니, 창문 하나마다 제각각의 비밀을 지닌, 쇠창살이 달린 창문일 수도 있겠다. 어떤 창문에는 장미의 윤곽이 숨어 있고, 다른 창에는 거북이 등딱지의 무늬가 숨어 있다. 심지어 어떤 창문에는 고대의 상형문자, 더 나아가서 마야 문자의 기호까지도 숨어 있다. 골목 좌우의 양쪽에 한 줄씩 늘어선 쇠창문만 해도 사람들을 신비로운 웜홀(블랙홀과 화이트홀로 연결된 우주 내의 통로)로 빠뜨릴 만큼 모던하고 클래식하며, 진짜인 것 같지만 실상은 거짓이며 공허한 시대 상황을 보여주는 역할을 한다.

팡휘 골목은 걸을 때는 정해진 루트대로 가고 있는지 신경 쓸 필요가 없다. 골목 양옆에 늘 제멋대로의 크고 작은 유기생명체들이 있어, 마치 수시로 꿈틀대는 창자를 통과하는 것 같기 때문이다. 골목을 걸을 때는 반쯤 썩은 등나무 의자를 피하고, 다음 단계에서는 몸을 비스듬히 기울이고 달려오는 오토바이를 피해서 돌아가야 한다. 그리고 왼쪽에 있는 개집을 조심하고, 오른쪽에 내복이 걸려 있는 대나무 장대가 나타나도 민망해하지 마시라. 이 공간에는 비밀로 남겨두기로 약속한 건 지켜야 한다는, 즉 하지 말아야 할 이야기는 말하려다가도 멈춰야 한다는 공공성을 지켜야 하는 공간이기 때문이다. 이런 공간을 음미하려면 시를 읽을 때처럼, 은유적으로 표현된 부분을 이해할 줄 알아야 한다. 지붕 아래로 고개를 숙이고 지나가다 보면 에어컨 실외기에서 떨어지는 물방울을 맞을 수 있다. 이때, 아무도 없는 줄 알고 혼자 툴툴거리려는데, 옆 쇠창살 뒤에 있는 침실에서 애틋하게 사랑을 나누는 남녀가 안단테의 빠르기로 노래하는 소리가 들릴 수도 있다. 이런 절묘한 볼거리들은 중심가에서 벌어지는 진부하고 상투적인 이야기와는 비교불가의 존재이다. 도시의 민낯을 보고 싶은가? 사방에서 온통 불꽃놀이를 하는 것처럼 매력 포텐 터지는 이 오래된 골목으로 어서 들어오시라.

제2, 제3, 제4, 제5… 의 남자 주인공들의
흥행 성적이 더 좋을 줄을 어느 누가 알았겠는가?
당신은 줄곧 모르고 있었던 일이다.

민낯의 거리

———

난강南港의 오래된 거리 '중난제中南街'는 그저 하나의 거리에 불과한 존재
가 아니라, 하나하나의 크고 작은 추억들이 모인 기억의 조각보 같은 곳이
다. 처음 그 거리로 걸어 들어갈 때부터 나는 이미 그렇게 느꼈던 것 같다. 기
억은 자신의 어린 시절의 삶에서 오기도 하지만, 아직 발생하지 않은 노년의
기억도 다른 이들의 노년의 삶을 통해서 가져올 수도 있다.

거리에서 가게를 운영하고 있는 어르신들의 말에 의하면, 원래 이 거리의
이름은 '횡제(橫街, 동서로 난 거리, 간선도로를 가로지른 길이라는 의미)'였다고
한다. 민난어로는 '화인커'라고 발음하며, 두 번째 음절인 '커'는 '제街의 원
래 성조인 1성이 아니라 2성으로 올려 읽어야 한다. 그렇게라도 해야 빛나는
세월의 여운을 조금이라도 간직할 수 있다. 이곳 사람들이 옛 이름의 성조를
발음하면서 입꼬리를 올려 마무리짓는 모습을 보고 있노라면, 옛 이름을 통
해 이 도시의 냄새를 더 잘 맡을 수 있고, 이곳 시가지가 북적거리던 30~40
년 전의 풍경이 생생하게 살아난다. 하지만 사람들의 떠들썩했던 소리는 나

중에 도시의 라이프 스타일이 달라짐에 따라 사람들 발길이 뜸해지면서 점점 조용해져 크라프트지처럼 빛바랜 거리가 되고, 현재가 아닌 다른 시대로 뒤처져 남게 되었다.

얼마 전 '타이베이 도시디자인 계획'에 참여할 기회가 있었다. 거리의 오래된 몇몇 가게에 작은 간판을 새로 디자인해주면서, 이 기회에 옛 거리를 오래전 지나갔을 발걸음과 그 흔적을 떠올릴 수 있는 다양한 주제로 변화를 주고 싶다는 취지에서 기획한 일이었다. 인체 생장에 있어서 작은 존재인 호르몬의 역할과도 같은 일이었기에, 대규모 토목공사, 도시의 랜드마크가 될 건물을 지을 때처럼 모든 이의 이목을 집중시킬 계획은 아니었다. 하지만 거리를 걷던 사람들이 이들 가게 앞을 지날 때 살짝, 찌르르 전기에 감전된 듯한 느낌만이라도 받았으면 싶었다. 어쩌면 이 거리를 걷다가 작은 사랑의 멜로디를 한 번쯤은 읊을 수도 있겠지! 처음부터 나는 이 오래된 거리에 동화 같은 스토리가 몇 개쯤 숨어 있었으면 했다. 그래서 지나가는 사람들이 몇 개의 작은 간판을 보고 거기에 숨겨진 스토리의 실마리라도 발견한 듯 흥분하기를, 누구나 어린이의 눈으로 돌아가 이 오래된 거리를 다시 살펴보기를, 그래서 도시 공간에 깃든 예스런 아름다움을 다시 체험할 수 있게 되기를 바랐다. 가장 먼저 갔던 곳은 오래된 서점으로, 이 거리의 옛 모습을 일찍부터 지켜보고 있었던 곳이다. 도시 발전의 중심축이 이동하고 상업 시설의 패러다임이 바뀌면서 한때 고질라처럼 위풍당당했던 서점의 모습은 빛이 바랬고, 이제는 그 안의 공기마저 나이 들어 보였다. 그래서 나는 서점을 위해 '회춘'의 개념으로 '이야기를 들려주는 아기 공룡' 간판을 디자인했다. 이 간판은 거리를 지나는 이들에게 책 세상의 상상력은 아무리 먼 곳이라도 닿지 못할 곳이 없으며, 서점에서의 시간은 영원히 나이 들지 않는다는 사실을 일깨워준다. 이 서점의 사장님은 언뜻 보기에는 말을 아끼고 잘 웃지 않을 것 같은 노신사. 실은 마음속에 이 낡고 오래된 거리에 대한 기대와 따뜻한 마음을 지니고 있는 분이다. 사장님께 아기 공룡 간판을 제안하기까지 사실 조금은 불안한 마음이 들었더랬다. 나이 드신 분들이 나의 이 나이브한 생각을 받아들일 수 없을까 봐 걱정이 됐던 거다. 하지만 걱정과 달리 그 제안은 수월하게 받아들여졌고, 동심의 세계를 영접하신 사장님은 공룡이 많이 귀엽게 보여야 한다며 나의 주의를 환기시켜주기도 하셨다!

아기 공룡 간판을 건물 외벽에 달아 올리던 날은 매우 날씨가 좋았다. 어린이와도 같은 순수함이 담긴 사장님의 부드러운 눈빛에서 하트 시그널이 잡혔다. 아마도 내가 잘하고 있는 거겠지! 그다음 차례는 타이베이 탭댄스 학교. 열정이 가득하면서도 절제된 분위기를 지닌 댄스교실이었다. 운영자는 활기가 넘쳐서 탭댄스 교사로는 아주 제격인 분이었다. 그녀는 뉴욕에서 잘 훈련받은 춤 솜씨로 대만에 탭댄스의 씨를 뿌려서 탭댄스 가든을 잘 가꾸고 싶어했다. 이번 작업은 〈피터와 늑대Peter and the Wolf〉에서 영감을 얻었다. 탭댄스를 추는 즐거움에 들뜬 나머지 천장까지 뛰어오른 분홍색 소년 늑대가 들보에 가뿐하게 거꾸로 매달려 온 거리를 분홍분홍하게 물들인다.

탭댄스 학교에 대한 이야기를 나눌 때 댄스 교실 운영자는 탭탠스에 대한 나의 이해를 돕기 위해 열정적인 태도로 탭댄스 전용 슈즈를 들고 와서 자세히 보라고 내게 줬다. 그렇게 가까운 거리에서 집중적으로 신발을 살펴본 건 처음이었기 때문에 일상적인 물건에 불과한 것들을 새로운 각도에서 보는 법을 알게 되었다. 건축가의 입장에서는 얻기 힘든 아주 소중한 수확을 거둔

셈이다.

마지막으로 간 곳은 세월의 무게가 느껴지는 양곡도매상이었다. 가게 주인의 설명으로는, 영업 초기에는 이곳에서 주로 쌀을 팔았기 때문에 근처 주민들은 이곳을 쌀가게라고 부른다고 했다. 그때 아주 만화스러운 느낌을 주는 아이디어가 떠올랐다. 이 세상에서 쌀을 가장 선호하는 자, 바로 쌀벌레였다. 그래서 몸통이 쌀알처럼 생긴 쌀벌레슈퍼맨 디자인이 탄생했다. 이 친구라면 분명히 가장 설득력 있는 광고 모델이 될 수 있겠다는 생각이 들었다. 건물 외벽을 타고 기어오르는 쌀벌레슈퍼맨이 지나가는 사람들에게 큰 소리로 이렇게 외치는 것 같다. '쌀밥을 많이 먹으면 머리도 좋아지고 몸도 튼튼해집니다!'라고.

간판 디자인을 쌀가게에 제안하는 과정도 모험이 따르는 일이었다. 어느 쌀집 주인이 자신의 가게에 쌀벌레를 모델로 내세우는 간판을 달고 싶겠는가! 그런데 제안을 해본 결과, 놀랍게도 가게 주인이 좋아했다. 그걸 보면 역시 벌레의 세계에도 정의를 구현할 수 있는 역량이 있고, 인류 세계에 기쁨과 희망을 준다는 걸 알겠다!

쌀가게를 물려받은 2대 주인은 어린 시절의 행복했던 느낌을 그리워하며 지금의 가게 간판을 내리고 오래된 이웃들이 예전에 친근하게 부르던 '미뎬'이란 별칭을 살려 작은 간판으로 만들어주기를 원했다. 이 일은 나를 완전 감동시켰다. 또한 이 제안으로 인해 내 머릿속에는 곧바로 그림과 영감이 떠오르고, 쌀가게 덕분에 벌레와 나는 종種을 초월한 우정을 나누게 되었다.

고마운 이 거리. 덕분에 나도 다시 한번 청춘으로 돌아간다. 민낯의 도시와 연애하는 게 너무 좋다.

민낯의 중난제와 요염하게 화장한 난강.
도시의 경쟁적인 특질인 먹고 먹히는 육식성 지수와
피를 봐야 하는 뱀파이어 지수는 언제 균형을 이룰지.
언제가 되어야 민낯과 화장한 얼굴이 화해를 하고
손님맞이 벤치를 다시 치러우騎樓에 놓을 수 있을까…….

독립 서점

———

독립 서점들은 들판에 활짝 핀 꽃처럼 도도한 자태로 저마다 지니고 있는 아름다움을 보여준다. 최근 몇 년 사이에 '독립'의 선구자 시몬 드 보부아르스러운 '독립 서점'이라는 네 글자가 심심치 않게 보인다. 독서를 패션과도 같은 트렌디한 행위로 인식하기 이전부터 서점은 이미 독립적으로 존재해왔다. 작은 동네와 모든 도시의 거리, 한 발 더 나아가 예전 중화상창中華商場이 있던 자리의 횡단보도에 있는 신문 가판대까지도 따지고 보면 한 떨기 동백꽃과도 같은 독립서점인 셈이다. 독립 서점의 방계 친족까지 언급할 생각이라면 골목 끝에 몸을 숨긴 수많은 만화대여점을 빼놓으면 안 된다. 어느 정도 반골 기질을 지닌 만화대여점들만이 제도권 교육과 규범적인 지식을 벗어난, 통제받지 않는 유토피아를 더 많은 소년들과 늙어가는 소년들을 위해 명맥을 잇고자 애쓰고 있다.

한국 드라마에 빠져서 죽을 때까지 끊을 수 없을 것 같은 기분은 나도 겪어봤다. 만화대여점의 서가에 줄줄이 좌라락 꽂혀 있는 영웅호걸, 대장부들을 보면서 차례로 이어지는 숫자들을 샅샅이 노려보다가 제1권부터 줄거리를 꿰면서 충성을 다하여 그 스토리와 함께 성장했고 덕후로 취급돼도 뜻을 굽히지 않았다. 또 다른 가까운 친족은 중고 서점이다. 중고 서점이라는 꽃은 예전에 구링제牯嶺街 앞과 중화상창 안에서 은둔자처럼 피어 있었다. 이제는 도시의 중고 서점은 꽃처럼 아름다운 가게 이름뿐만 아니라 공간도 옛날처럼 어두컴컴하지 않다. 반드시 백색 형광등 아래에서만 책을 읽어야 회춘을 할 수 있는 것인지. 마치 책 병원을 구경하는 느낌이다. 지금의 중고 서점은 이미 '중고'라는 두 글자의 의미를 완전히 바꿔버렸다. 마치 〈남아 있는 나날〉의 젠틀하고 우아하게 나이 든 집사처럼, 책을 만졌던 모든 손들이 그들의 흔적을 책에 남기는 것에 동의하고, 이미 퇴색해서 빛이 바랜 인쇄 잉크와 모서리에 귀가 접힌 책장 사이에 남아 있는 옛날의 독자와 함께 책을 읽어주기를, 사랑을 읽어주기를 원한다.

서점의 독립성을 진지하게 얘기하자면 아마 사람마다 원하는 바가 각기 다를지도 모른다. 누군가는 서점에서 문학청년 느낌이 나야 제격이라고 생각하고, 누군가는 실내 장식이 너무 모던하고 세련되면 독립적이지 못하다고 한다. 누군가는 서점에서 반드시 커피 향기가 나야 되며, 그것도 꼭 핸드드립이어야 한다고 말한다. 누군가는 서점 벽에 걸려 있는 아름다운 무지개 깃발(성소수자의 상징)의 상징성과 반려자를 선택할 때의 굳건하고도 독립적인 정신을 사랑한다. 독립 서점이 어머니의 부드럽고 따뜻한 자궁과도 같은 곳이라고 생각하는지, 이곳에서 대만의 생명의 기원을 찾는 사람들도 있다. 누군가는 체 게바라의 〈모터사이클 다이어리〉만 편애하면서, 처세술에 능한 도시를 향해 큰 소리로 이렇게 외친다. '다른 건 필요 없고 체 게바라만 달라'고. 아마도 고통을 참고 피를 흘리는 희생이 없이는 서점이 독립하지 못할 것으로 여기는 것 같다. 하지만 나는 서점이 어떻게 하면 독립적일 수 있는가의 문제와는 상관없이, 각자의 취향에 따른 다양한 인식 관점의 차이에서 오는 역동적인 힘만으로도 독립감이 넘친다고 생각한다.

지하 공간에 위치한 인상적인 독립 서점 한 곳이 있다. 비주류를 고집하는 만화 가게인데, 이곳의 책들은 등급을 나누지 않는다. 나이와 성애물性愛物 관람 여부로 정해지는 등급 제한이 아닌, 자격 제한만 한다. 만약 당신이 지닌 기존의 인식과 판단으로 이곳의 만화를 이해하는 데 어려움을 겪는다면, 만화 가게에 오는 다른 사람들 역시 당신이 지상의 그 평화로운 세계에 머무는 게 더 좋다고 여길 것이다. 함부로 이 지하의 비밀기지에 발을 들여놓을 일이 아니다. 바로 이 깜찍한 자격 제한 때문에 만화 가게 사장이 이곳에 오는 손님들의 이름을 다 기억할 수 있고, 블랙 커피를 좋아하는지 달달한 음료를 좋아하는지도 알고 있으며, 지난번 대여해갔던 만화책 작가의 세상 놀라운 신작이 최근에 나왔다는 사실까지 귀띔해줄 수 있다. 사장님이 가게에 온 손님이 선호하는 노래를 아무도 눈치 못 채게 틀어줄 수 있을 정도로 가게에 사람이 많지 않다. 그리고 음악이 나오는 순간, 가게에 있는 다른 사람들은 모두 함께 그 손님의 취향을 공유한다. 가게는 당신의 영토이며, 가게의 모든 것은 당신이 원하는 아름다움과 즐거움만을 위해 꽃을 피우는 존재이다.

내가 원하는 독립 서점의 조건은 단순하다. 책을 사랑하는 당신을 독립적인 인간으로 생각해주면 된다. 당신이 이 공간에 존재하는 것이 아니라, 당신이 있기에 이 공간이 존재하는 것이다.

독립적인지 아닌지의 여부를 결정하는 건 늘 어려운 일이다.
하지만 일생을 걸고 답을 찾아볼 만한 가치가 있는 중요한 과제다.
그리고 그 답은 언제나 처음부터 우리 옆에 있었다.

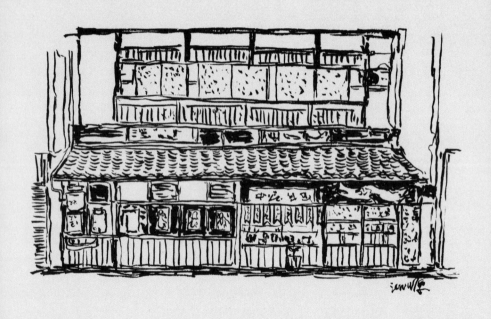

오래된 집

———

작년 여름에 혼자서 컨딩墾丁에 가서 그 지역을 간단히 살펴본 적이 있는데, 화창했던 그 사흘 내내 화려한 비키니 구경은커녕, 예상치 못하게 아주 오래된 집만 보고 왔다. 묵언 수행하는 비구니처럼 조용해보이는 집이었다.

집은 얼마나 나이 들어야 오래된 집이라고 부를 수 있을까? 남자가 몇 살이 되어야 아저씨라고 부르는 것인가의 문제만큼이나 의미가 없는 질문이다. 나는 마음의 눈으로 '나이듦'을 바라보는 게 좋다. 문화유적지로 지정될 만큼 늙을 필요는 없지만, 그 집에 느낌이나 정취가 얼마나 잘 배어 있는지를 살펴봐야 한다. 몇 세대에 걸쳐 축적된 삶의 연륜은 이따금씩 복원해서 한 번씩 다시 회춘하지만, 그래도 늙어가는 세월의 흔적과 함께 남아 있게 마련이다. 수많은 사람들과 거듭 접촉했을 집의 영혼이 깊은 침묵과 마주하여 낮게 읊조리는 듯한 소리가 텅 비어 있는 공간들 사이에서 메아리로 돌아온다. 일부러 찾아가지 않아도, 일상이 살짝 조용해지기만 하면 오래된 집이 봄, 여름, 가을, 겨울 사계절에 대한 그리움을 노래하는 시를 들을 수 있다.

그 집들의 옆을 지나갈 때 옛정을 주고받으며 화답하는 사이에 우리도 자신의 삶에서 힘들었지만, 아름답고 달콤했던 시절을 회상하게 된다.

그 집은 본디 합원(合院, 정원을 가운데 두고 입구口자 형으로 둘러싼 형태) 구조였으나, 여러 대에 걸쳐 주인이 바뀌면서 증축增築, 감축減築과 함께 성장한 집이었다. 엄밀히 말하면 반쪽짜리 합원이고, 그 외관에서는 신구를 봉합한 궤적이 읽힌다. 시대와 시대의 연결이 마치 사자성어 끝말잇기를 하듯 맞물려 있다. 재료와 공법과 사용자의 수요에 따라 다르긴 하지만, 어쨌든 뒤에 이어진 말들이 앞말의 끝과 연결되어 있는 듯 느껴졌다. 늙은 줄기에 새로운 가지가 자라나는 듯한 이런 생기 있는 존재감은 거주하는 사람이 없다고 해서 사라지지 않았다. 오히려 집이 스스로의 주인이 되어 혼자 꽃을 피우고 홀로 시들어 떨어진다.

태양 아래 버려진 일인용 소파가 먼저 나의 시선을 강탈했다. 소파 다리가 하나 없는데도 쿨하게 서 있는 모습이 유난히도 멋있어 보였기 때문이다. 물론 그 불완전한 부분으로 인해 아름답고 부드러운 몸집은 집 밖으로 내몰렸지만. 그리고 나서 소파가 놓인 뒤쪽의, 절대로 희다고는 할 수 없는 벽면을 보니, 마치 몇 십 년 동안 세탁하지 않은 흰색 스웨트 셔츠처럼 담벼락에는 물때, 기름때, 갈라진 틈, 그리고 틈새에 새로 돋아난 어린 싹과 푸른 이끼가 남아 있었다. 뒤로 몇 걸음 물러나 주변을 둘러보고 나서야 내가 합원의 작은 마당에 들어선 것을 알게 되었다. 마당의 사이즈가 반 정도 줄어든 건 합원 건물의 절반을 덜어내고, 지금 눈앞에 보이는 콘크리트 단층집을 지었기 때문이다. 그 회색으로 염색한 오래된 셔츠는 바로 이 단층집의 옆얼굴로, 때 묻은 흰색 스웨트 셔츠의 할아버지 옆에 서서 아직은 젊다고 말하고 있는 것 같았다.

호기심을 참지 못한 나는 그 절반짜리 합원의 가장 끝에 있는 방부터 구경하기 시작했다. 그윽한 아름다움을 찾아서. 비록 아무도 살고 있지 않은 집이라 할지라도 나는 잠든 할아버지를 깨울까 봐 조바심치는 사람처럼 발걸음과 숨소리를 낮추었다. 나무 창문 틈새로 들어오는 바람은 집이 코를 고는 소리처럼 느리게, 느슨해진 현弦처럼 힘이 없지만 자애롭게 느껴진다. 공간에서 가구들은 없어졌지만, 생활의 흔적을 어렴풋이 볼 수 있었다. 가구가 놓였던 자리는 크거나 작게, 혹은 높거나 얕게 벽에 남겨져, 고즈넉한 흰색으로 한 겹 한 겹 덧칠한 유화처럼 점차 이 방만의 특별한 무늬가 되었다. 어디가 침실인지 어디가 서재인지, 귀한 물건인지 아닌지, 오래된 물건인지 아닌지, 차근차근 따라가면 그 본질을 알아낼 수 있을 것 같다. 그때 나는 잠시 예전에 책에서 배웠던 합원의 공간 구조는 잊고 원시적인 감각에만 의지해서 단서를 찾고 있었다. 마치 후각이 예민한 사냥개가 허허실실虛虛實實, 허술해 보이지만 실속 있게 보물찾기 놀이를 하는 것처럼.

기와도 없이 지붕만 남은 큰 방에 덩그렇게, 멍하니 있었던 그날이 기억난다. 생각지도 못했던 저녁노을 질 무렵의 햇살이 방안 구석구석에서 나를 향해 비쳐들고 있었다. 그 빛은 집 안에 날리는 미세한 먼지 입자에 달라붙어 한 몸처럼 떠돌았다. 날렵한 동작으로, 혹은 둔한 움직임으로 각자가 다른 춤사위로 이 공간을 유혹하고 있었다. 오래된 집은 마치 노승이 명상에 들어 마음을 한곳에 고정하듯 한쪽에 서서 눈을 가늘게 뜨고 인간 세상을 바라보는데, 실수로 비밀의 화원에 길을 잘못 든 나그네인 내게는 속속들이 늙은 이 집이 오히려 유혹적으로 다가와서 묘한 분위기에 빠져들었다.

'나이듦'은 하나의 필터다.

'나이듦'이라는 필터를 통해서 본연의 모습에 눈을 뜨고,

나이 들어가면서 점점 유연한 사고를 지니게 된다.

비록 앞으로 되돌아갈 수는 없지만,

문득 영감과도 같은 깨달음이 하나 떠오른다.

예스럽고 고상한 나이듦은 보배와도 같다.

작가의 집

———

매우 기시감이 느껴지는 집이었다. 집뿐만 아니라, 골목길의 어귀도 전에 한 번 와본 적이 있는 것처럼 낯익은 느낌이 들었다. 아마 윤회론에 입각해서 말한다면 이게 맞는 느낌이라고 하겠지!

'옛 고故'가 들어가는 엇비슷한 느낌의 단어들에게는 일종의 판타지스러운 기질이 있는 모양이다. 예를 들면 고인故人, 고향故鄕, 고사故事 같은……. 영화의 롱 테이크 기법처럼 카메라 렌즈가 아주 멀리 있는 사물들을 단박에 눈앞 가까이 끌어당겨 전체 화면이 가득 차면 어질어질 현기증은 나겠지만 1초 안에 초현실적인 광경에 빠져들게 된다.

량스추(梁實秋, 1903~1987. 문학평론가, 작가, 번역가. 셰익스피어 전집을 중국어로 단독 번역한 최초의 중국 학자) 작가가 생전에 살았던 집을 처음 방문했던 때는 가을이었다. 그 집을 관리하는 집사는 속세를 벗어난 느낌의, 약간은 초현실적인 성격을 지닌 여성이었다. 이 어르신의 형형한 눈빛과 느린 말투를 대하면, 원고지에 쓰인 글을 읽을 때처럼 그다음 줄에 전개될 이야기가 궁금해진다. 특히 그 이야기가 만년필 글씨로 신선하게 써내려가는 경우라면 더더욱, 언제나 기대될 것이다. 그녀는 나이는 많지 않지만 영혼은 젊지 않고, 키는 크지 않아도 기개가 있어 우러러보게 된다.

우리가 윈허제 앞길의 작은 골목으로 들어서자 갑자기 걸쭉한 음료가 보도에 쏟아진 것처럼 공기에 진득한 기운이 퍼져 내딛는 걸음마다 들러붙는 느낌이었다. 담장 울타리들 옆으로 지나갈 때는 향기가 나는 것 같았고, 담벼락에 얼룩진 시간의 흔적들에서는 현미 알갱이의 식감이 느껴져 걸음걸이가 절로 느려졌다. 윈허제로 들어가면 바로 량스추 작가의 집 대문과 정원이 보인다. 량스추 선생이 고풍스러운 안경을 쓰고 문학의 향기 가득한 미소를 짓고 있는 사진이 입구에서 나를 반기며 인사를 건네는 것처럼 보였다. 앞마당은 그리 크지 않았지만 산소가 충만해서 온몸이 산소로 배가 불러 둥둥 떠있는 듯 느껴질 정도였다. 삐걱 소리가 살짝 나는 격자무늬 나무문을 열고 현관으로 들어가 작은 계단을 올라 거실로 들어가는데, 나 자신이 샤갈의 그림에 등장하는 부드러운 나뭇잎 남자 같았다. 나뭇잎이 된 나는 무사히 마루에 착지해서 오래된 등나무 의자에 앉았다. 등나무 의자의 쿠션에서 산문散文과도 같은 소박한 향기가 나서, 그저 멍하니 앉아 있는 것만으로도 우아하게 느껴졌다.

그 집은 몇 년 전 세심하게 보수를 하면서 건축재의 많은 부분을 새로 교체했지만 복고적인 아름다움을 갖추고 있었다. 마치 차이친(蔡琴, 1957~ 대만의 여성 가수)이 자신보다 나이 많은 선배 가수 바이광(白光, 1921~1999. 중국의 여성 가수이자 영화배우)의 노래를 부르는 옆에서 차이친만큼 유명한 덩리쥔(鄧麗君, 1953~1995. 대만의 여성 가수)과 함께 심취해서 듣고 있는 느낌이랄까. 다른 스타일이지만 너무도 자연스럽게 함께 잘 어우러진다. 위화감을 느낄 필요도 없고, 일부러 고풍스러운 취향으로 인정을 받으려고 애쓰지 않으며, 그저 현재의 삶의 감각을 적절히 공기 중에 띄워놓아 보내면 중력이 절반은 줄어들어 마음을 안정시키기에 충분하다.

서재를 둘러보다 서가 위에 놓인 수제 비누를 보았다. 크라프트지로 포장한 윗면에는 량스추 선생의 산문에 나오는 문장 한 구절이 적혀 있었다.

'남자의 더러움은 아마도 게으름 때문일 것이다.'

만년필로 쓴 그 글씨의 주인공은 나를 안내하는 집사였다. 그녀가 이 수제 비누에 량 선생의 글을 더해 여성미(?)를 부여해주었다. 집에 돌아가면 크라프트지에 적힌 글을 세 차례는 베껴쓰기를 해야 할 것 같다.

거실로 다시 돌아와 양반다리를 하고 마룻바닥에 앉아 앞에 펼쳐진 정원을 바라보았다. 거실에서 나가 정원을 가로지르는 길, 그리고 양옆으로 뻗은 복도와 정원 사이에는 몇 개의 나무 미닫이문이 있다. 미닫이문으로 닫힌 공간 사이에는 경계가 있지만, 미닫이문을 열면 그 한계가 없어지고 무대로 편입되는 공간처럼, 정원과 무대의 비율이 조정된다. 여기에 있으면 가끔은 츠바(尺八, 대만의 대나무 통소)의 고독한 소리, 그리고 가끔은 당나라, 송나라 시대 문인들의 웃음소리가 들릴 것 같다. 때로는 기타와 바이올린의 즉흥 연주가 들리기도 할 듯하다. 사방에서 들려오는 이 음악 소리들이 집 안팎을 쉴 새 없이 바람처럼 넘나들면 종이에 적은 글에서 아직 마르지 않은 잉크 냄새가 진동하는 것까지 느껴질 것 같다. 몸은 여기에 있지만 내 눈은 지금 르 코르뷔지에가 빌라 사부아Villa Savoye를 설계했을 때 후대의 건축가들에게 준 몇 가지 충고(근대 건축의 5요소 : 주거 공간 설계의 전통을 타파하는 선언문)를 지켜 지은 집을 보고 있는 것 같다. 그가 했던 말은 모두가 '자유'와 관련된 것이었다. 이 오래된 일본식 가옥은 량스추 작가의 산문처럼, 그리고 진공관 스피커를 통해 차이친이 천천히 부르는 노래를 듣는 것처럼, 노년의 정신뿐만 아니라 새 시대의 정신을 담고 있다. 오래된 집을 떠나며 문득 마음속에 떠오른 생각 하나, 나중에 내가 살던 집도 나이가 들어 누군가에게 '오래된 집'이 되었으면 좋겠다.

『나는 고양이로소이다』에서 고양이의 시선으로
나쓰메 소세키의 집을 관찰하듯,
내가 량스추 작가의 오래된 집에 들어서는 것 자체가
한 편의 산문이 된다.

가오푸솨이

만약 미남대회라는 것이 있다면 서로 은밀히 견제하고 경쟁했을, 각자의 개성을 내세우는 가오푸솨이(高富帥, 키 크고 돈 많고 잘생긴, 이상적인 남자를 뜻하는 신조어)들이 모여드는 곳이 바로 도시다. 그들 모두 표면적으로는 하나같이 빼어난 외모에 품위 있는 모습을 보이며, 스스로를 사회적 엘리트로 여긴다. 흥미로운 건, 관심이 있든 없든 도시에 있는 사람들은 모두 가오푸솨이 선발대회의 심사위원이자 관중이 된다는 점이다.

가장 먼저 등장한 출전자는 기개가 있고 도량이 넓지만 좀 나이가 있는 '라오디(老帝, 늙은 황제)'. 핸드 메이드 맞춤 양복을 입는 그는 목청을 가다듬는 마른기침 소리마저 하프처럼 우아하다. 뉴욕 최고의 스카이라인이 한때 그의 머리에 씌워진 왕관으로 정의됐던 걸로 보아, 이제는 잊혀진 세월 속의 존재였음을 알 수 있다. 하늘을 찌를 듯 치솟은 강철 장식의 예술품으로 치장한 그는 마치 셔츠 소매에 커프스 버튼을 처음으로 착용하기 시작했던 신사처럼 미학의 새로운 시대를 열었다. 그는 단지 자기 자신의 자리만 지키면

됐다. 하지만 그의 뒤를 따르는 후발주자들은 아무리 화려하게 혁신을 거듭해도 추종자에 불과할 뿐이다. 그대는 모르는가, 당시의 영화예술계조차 거대한 킹콩을 그의 위에 올려놓고 자본주의 만세만만세를 전 세계에 선포했던 사실을. 당신이 좋아하든 말든 멋지고 아름다운 남성으로 평가받는 그는 바로 뉴욕의 엠파이어 스테이트 빌딩이다.

두 번째 출전자는 '라오디'처럼 도시에서 왔지만, 프랑스 출신의 소녀라는 점에서 좀 특별하다. 형용사에서의 양성평등을 실현하기 위해 '멋있다'라는 단어를 여성 스스로도 자신을 표현하는 평가 척도로 사용할 수 있다. 때로는 물론 남성의 유순한 특성도 칭찬받을 만한 가치가 있다. 프랑스 출신의 그녀는 자유라는 이름의 여신으로, 절대로 늙지 않는 여성의 본보기이다. 여신은 밤낮으로 '빅 애플(뉴욕의 별칭)'이라는 도시를 수호하면서 낮과 밤을 가리지 않는 빛과 사랑으로 물위의 배와 육지의 연인들을 인도한다. 빅 애플도 그녀를 자기네 도시의 정신적인 상징물로 여겨, 매일 그녀와 관련된 아름다운 사랑의 노래로 찬양한다. 도시에 세워진 가장 큰 쌍둥이 건물이 테러로 쓰러진 이후에는 그녀도 더 이상 행복하지 않다고 했다. 새로운 시대에는 소음이 너무 많아서 그녀는 흑백 TV 전성기를 그리워한다.

다음으로는 베이징에서 온 혼혈 미남이 패기 있게 등장한다. 그의 아버지가 네덜란드인이라 당연히 큰 키의 유전자를 물려주었다. 그런데 이 미남이 세속에 구애받지 않고 신념대로 행동하는 걸 좋아해서, 우리는 원래 잘생기고 키가 컸던 그가 허리를 굽히고 나오는 모습을 보게 된다. 그는 유명한 방송인이다. 비록 몸을 구부리고 있지만 그의 외모는 여전히 준수하고, 온몸이 신시대의 도회적인 어휘를 상징하며, 오래된 도시의 관료적이고 노인 같은 취향에는 신경 쓰지 않는다. 우리의 미남 형님은 도시의 결을 새롭게 정의한다. 마치 베이징이라는 도시에 새로운 시각적 차원을 제공하려는 것처럼.

다른 출전자들에 비해 키가 크지는 않지만 가장 트렌디하다. 다만 스케일이 큰 것에 집중하는 중국의 취향은 처음에는 늘 제대로 평가받지 못하는 경향이 있으므로, 그럴 때의 곤혹스러움을 감수해야 한다. 그중에서도 가장 민망한 건 이 잘생긴 형님이 아줌마 아저씨들 입에서 '특대형 팬티스타킹'이라는 말을 들었다는 사실. 이것이 바로 베이징의 유명한 CCTV 빌딩이다.

마지막으로, 네 번째 출전자인 이 '햇살남(옥외 스포츠를 선호하는 멋진 남성을 뜻함)'은 지금까지 등장한 가오푸쇼이 중에서 가장 키가 크다. 그들만의 리그에서는 아직 젊은이라 할 수 있다. 일찍이 수년간 '키높이 대회' 경기 종목의 세계 챔피언 타이틀을 보유하고 있는데, 세계 각 나라는 이 대회의 우승 타이틀을 쟁취하기 위해 온 도시마다 온 힘을 다 기울였다. 모자 위에 모자를 더 얹은 곳도 있고, 영양 불균형에도 아랑곳하지 않고 필사적으로 성장호르몬을 섭취하기도 했다. 마치 키높이로 1등을 받으면 세계의 정상에 오른 것이라도 되는 듯 말이다. 타이베이의 랜드마크인 이 젊은이는 모든 사람들의 기대에 부응하여 1위를 차지하자마자 전세계의 주목을 받았다. 게다가 그의 간결하고 시원한 이름 '101' 덕분에 당시의 국제적인 매체 전면에 수없이 오르내렸다. 사람들을 가장 들끓게 하는 건 물론 매해 마지막 날, 한 해가 넘어갈 때 그의 몸에서 펼쳐지는 화려한 불꽃놀이다. 또한 놀라운 점은 매년 계속되는 이 쇼가 해마다 길어진다는 것. 이런 '높이'와 '길이'를 놓고 벌이는 사이즈 경쟁은 아무리 해도 사람들이 질리지 않는 카니발 같다! 하느님은 교만해진 인류가 하늘을 위태롭게 할 것을 염려하여 '바벨탑'이 막 성공하려는 순간 실패하게 만들었고, 그 결과 세계가 각기 다른 언어로 말하게 되면서 사람들 사이에 장벽이 생겨났다. 저마다 유창한 인터넷 언어를 구사하며 페이스북에서 거침없이 가십을 주고받는 요즘의 가오푸솨이들을 보면 하느님도 어처구니가 없어 자신도 모르게 웃음이 터져나오지 않을까?

키가 큰 사람이 부자가 아닐 수도 있고,
부자라고 해서가 다 잘생긴 것도 아니다.
나눠 갖는 게 공평해야 세상의 평화가 유지될 수 있다는 걸
우리는 나중에 알게 된다.

공기 인형

집돌이들이 사랑하는 팽창식 공기 인형을 말하는 게 아니다. 어쩌다 가끔씩 집돌이가 되는 내가 말하는 공기 인형은 익숙한 공기 속에 자리 잡고 있는 그 어떤 존재감이다. 지난 몇 년 사이 지천명(知天命, 나이 50을 말함)의 나이와 가까워져서 그런지 먼 곳으로 출장을 가서 호텔에 묵을 때마다 외로움이 나를 기습한다. '기습'이라는 표현에는 한 치의 거짓도 없다. 그 외로움은 갑작스럽게 방문할 뿐만 아니라, 전혀 예의도 갖추지 않고 내 주변의 공기 속으로 파고들어 온 틈입자다. 코와 입을 통해 몸에 들어와서는 피부의 모공으로 빠져나와 나를 겹겹이 포위한다. 호텔 욕실에 있을 때면 노크도 없이 침입한 사람에게 온몸에 거품이 묻어 미끄러운 상태로 그냥 붙들려 갈 것만 같은, 심장이 떨어져나갈 듯한 두려움까지 느낀다.

호텔 객실의 침대에 누워 있을 때면 편하게 머리 둘 곳을 찾기 어려웠다. 베갯머리에서 늘 익숙하게 느껴지던 감각 하나가 부족했다. 내 머리 모양대로 눌려진 흔적처럼 생긴 공기 인형의 부재가 그 결핍감의 원인인 것 같았다. 그것은 일종의 점유감占有感이자, 익숙한 공간에서만 느낄 수 있는 감각을 의미한다고도 할 수 있겠다.

일상에서 우리를 둘러싸고 있는 베개와 이불, 소파, 책상 등 모든 물건과 가구들은 그 하나하나가 생활 속에서 우리에게 의미를 부여하며 우리의 삶에도 관여한다. 그 안에는 기억, 습관, 취미와 감정이 들어 있어 마침내는 그것들을 따르고 의존하게 된다. 우리는 그들에게 기대어 안정감을 느끼고, 그러기에 우리는 그들을 돌봐주고 보존할 가치가 있다고 느낀다. '물성(物性, 물리적 본성)'과 '인성(人性, 인간의 본성)'이 서로 도와 함께 살면서 소통하고 조화를 이룬다는 것, 정말 신묘하지 아니한가.

장면을 다시 호텔 욕실로 돌려보자. 나는 세면대의 커다란 거울 앞에 서서 익숙한 얼굴을 찾고 있다. 내 칫솔과 수건에게 참고할 만한 좌표를 만들어주기 위해서다. 매일의 일상에서 축적된 수많은 본능적인 동작들이 이때 위생과 청결의 수순을 밟아 체계적으로 움직인다. 나는 마치 내게서 분리되어 제삼자가 된 듯, 아침에 일어나면서부터 자신의 얼굴을 위해 해야 하는 사소한 일들을 처리한다. 그에게(나에게) 세수와 빗질, 면도를 시켜주고, 옷을 입혀주고 신발을 신겨준 다음, 그가 외출할 때면 조심히 다녀오기를 바라는 마음으로 지켜봐준다. 처음에는 이런 분리감이 어떤 대상의 낯섦에서 오는 것이 아닐까 생각했다. 예를 들면 칫솔과 양치컵, 예를 들면 이불과 매트리스, 예를 들면 바다로 면한 커다란 창문과 아치형 천장……. 호텔의 화려함에 속하는 이런 사물들은 나에게 낯섦을 느끼게 한다.

외로움의 진짜 원인은 대상이 아니라, 대상과 사람 사이의 친밀한 관계의 부재에서 비롯되었다는 사실은 나중에 알게 됐다. 그 부재의 인물은 집에 남아 있으며, 나와 똑같이 생긴 그 인물은 공허한 빈 몸이다. 공기 인형은 공간을 차지하고 있으나, 그 몸을 채우고 있는 건 공기밖에 없기 때문이다. 그는 내 몸의 완벽한 거울상像인 것이다. 쉽게 말하자면, 그는 내게서 탄생한 공기 인형의 모습이다.

모든 것이 익숙한 집 안에서 움직일 때는 당신의 공기 인형이 언제든 집 안 구석구석에서 대기하고 있다. 당신이 식사를 할 때는 가장 식욕을 돋우는 자세로 당신과 함께하며, 일을 할 때는 그 공기 인형이 당신의 손에 가장 편안한 펜과 가장 적당한 종이를 골라 번쩍이는 영감을 차례차례 그려낼 수 있게 이끌어준다. 그림자 따라다니듯 하는 이 형님들, 혹은 자매님들은 가족보다 더 가족스러우며, 그렇게 발전된 친밀한 관계는 소울메이트보다도 더욱 소울메이트스럽다. 그런데 하필이면 그분들이 여행을 싫어하신다는.

여행자는 외로움을 느끼기 마련이다. '다른 곳'에서의 낯섦 때문이 아니라, 짐가방에 넣어올 수 없었던 공기 인형 때문이다. 아무리 여행이 재미있어도, 아무리 호텔이 화려해도, 동행이 있거나 없거나, 그 낯선 곳의 사물과 접하는 순간의 외로움과 쓸쓸함이 곧바로, 여지없이 기습해오고, 뭐라 말로는 표현하기 어려운 미세한 결핍의 느낌이 맴돈다. 그리고 익숙하게 몸에 밴 일상의 동작들 속에서 그 외로움과 결핍감은 당신을 포로로 잡고 있다가 잠들기 전과 일어난 후의 3초 동안 당신의 모공이 감지할 수 있는 범위 내에서 살짝 한입 깨문다. 아프지는 않지만 마음속에 작은 생채기는 남는다. 그 순간, 아마도 당신의 몸은 그때 집의 공기 중에 남아 있을 당신, 당신의 공기 인형을 떠올리게 될 것이다.

언제나 늘 옆에 있는데도 존재감을 느끼지 못하는 것,
그게 바로 '일상'이다.
그는 매우 겸손하다.
하지만 존재감이 없으면서도, 숨 막히게 죄어오는
그의 손아귀에서 벗어날 방법이 없다.
소울메이트보다 더 소울메이트 같고,
사랑보다 더 사랑스럽다.

기억

記　憶

M　e　m　o　r　y

老客廳的牆面　　　　　　　　　　　　　　　天井

我愛雜貨舖

傳統市場　　　　公園　　　戲　台　下　的　人　間
哭點很低的戲院與笑點很低的冰果室
日日美好的校外福利　　　　　　　　第　一　次　住　宿　舍
我　的　少　女　時　代　　　　　　旅　社　初　體　驗
光華商場　　　　　　　　　　　　　　餐　桌　的　形　狀

傘下的世界　填字遊戲
來　去　永　康　街　開　一　間　店
6個屬於自己的房間

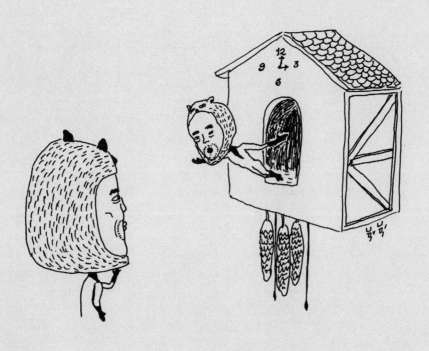

오래된 거실의 벽

오래된 물건을 좋아한다. 특히나 나 자신도 늙은 물건(?)이 된 이후로는 헤어날 수 없이 더 좋아하게 됐다. 오래된 것들에는 독특한 매력이 있다. 그 매력은 바로 시작도 끝도 없는 윤곽선, 윤곽 너머의 윤곽에서 온다. 오래된 물건을 그릴 때마다 나는 어디에서부터 선을 긋기 시작할 것인지 망설인다. 모든 선 하나하나가 한 개의 이야기를 의미하는 거라면 글을 쓰기도 전에 어느새 여러 겹 복선이 깔려 있는 줄거리에 빠져들어 한동안 몰입하게 되는 경우가 많다.

나의 기억 속에 가장 오래된 물건은 괘종시계다. 어머니가 혼수로 가져오신 거라서 어렸을 때부터 이미 가족처럼 나의 삶에 자리 잡은 존재였다. 내게 기억이라는 것이 기억날 때부터 그 시계는 거실 벽에 자애롭게, 조용하게 걸려 있었다. 시계가 걸린 벽면의 나머지 여백에는 상장들이 빼곡했다. 어렸을 때 나는 상장을 받을 때마다 잽싸게 뒷면에 풀칠을 해서 벽에 찰싹 붙여놓곤 했다. 한 발이라도 늦으면 당첨 기한이 만료된 애국복권(愛國獎券,

1950~1987년 대만 정부가 발행했던 복권)처럼 희소가치가 사라질 것만 같아서였다.

누가 알았겠는가. 두 번의 10년을 지나 오래된 물건이 돼버린 상장들도 결국 집을 개축하는 바람에 오래된 기와, 들보, 벽돌 등을 따라 집 안의 오래된 공기와 함께 사라지고 누구의 관심도 끌지 못하게 되리라는 사실을. 오래된 물건이라는 개념은 마치 저자 거리에서 이야기를 좋아하고 논쟁을 좋아하는 사람 하나를 끌어들이면 제3, 제4, 제5, 제6의 논객을 불러들일 수 있는 것과 마찬가지로, 추억을 길어 올려 천천히 함께 늙어가는 '인생템'이다. 일단 털실 한 오라기를 굴리기만 하면 이렇게 커다란 추억의 담요를 짤 수 있게 된다.

어렸을 때는 그 오래된 괘종시계가 내게 늘 그 어떤 일말의 기대감을 안겨줬다. 보름마다 한 번씩 태엽을 감아주곤 했는데, 그럴 때면 마치 내가 잠자는 숲속의 공주를 깨우는 왕자가 된 듯한 기분이 들었기 때문이다. 동화 속 이야기는 몇 번이고 재연되었고 그때마다 소녀는 깨어 있다가 잠들고, 다시 깨어났다가 잠들기를 반복했다. 천둥벌거숭이였던 당시의 나는 보름마다 한 번씩 왕자가 되는 꿈을 꾸며 즐거워했다.

내가 중학교에 진학할 무렵 삼촌이 장가를 갔다. 신부인 숙모는 3대가 모여 사는 우리 집 작은 거실에 신기한 혼수품 하나를 데리고왔다. 더도 덜도 아닌 벽시계였는데, 이번에는 뻐꾸기시계였다. 덕분에 벽면에 대한 나의 상상력 레벨이 여러 차원 업그레이드되었다. 내 작은 머릿속 인류문명 세계는 유인원에서 호모 에렉투스로 진화했다. 나는 매시간마다 종루에서 나오는 신기한 뻐꾸기에게 경배를 올리기 위해, 상장을 위한 명예의 전당인 벽면의 영토를 기꺼이 양보했다. 아쉬운 건, 이 수줍음 많은 뻐꾸기 아가씨는 매시 정각이 아니면 절대로, 한순간도 얼굴을 보여주지 않았다.

이후로 우리 집 작은 거실에서는 매시 정각마다 뎅그렁뎅그렁 종치는 소리와 뻐꾹뻐꾹 뻐꾸기 우는 소리의 협주곡을 들을 수 있게 되었다. 뻐꾸기 소리를 듣게 되고나서부터 오래된 괘종시계에서만 나는 특별한 소리가 매우 우아한 라르고Largo의 빠르기라는 사실을 알게 되었다. 괘종시계는 원래의 남자 주인공에서 남자 주인공의 아버지 역할로 배역이 바뀌었지만 그래도 여유 있게 남자 노인 역할을 잘 해낸다. 음정도 틀리지 않고 대사도 잊어버리지 않는다. 보름마다 태엽을 감아주기 때문에 가끔 리듬을 놓칠 때도 있지만, 나이든 배우 숀 코너리가 그러했던 것처럼 멋진 신사의 품격을 잘 유지한다.

거실 공간에 대한 나의 개념은 이처럼 시간의 눈금에 의해 구성되었다. 두 개의 벽시계와 채 뜯어내지 못한, 누렇게 빛이 바랜 상장들로 가득한 벽은 매시각이 축제의 시간이다. 나의 초딩시대는 좌左 야상곡 우右 미뉴에트, 그리고 그 사이사이에 소소하고 자질구레한 여러 대회와 경기에서 타온 상으로 점철되었다. 서예대회, 미술대회, 줄다리기 시합, 개구리 먹기 시합, 원숭이 성대모사 시합, 미로찾기 시합……. 그리고 영원히 질리지 않는 허풍 떨기 시합까지.

이제 그 벽에 도배하다시피 붙어 있는 상장의 비밀을 말해줄 때가 됐다. 그래요, 그건 전부 다 몽상가였던 옛날의 그 애송이 꼬마가 그린 겁니다!

세월의 모습은 언제나 벽면에서 발견할 수 있는
가장 아름다운 벽지이며, 벽의 몸체에서 자라나는 풍경이다.
풍경 속에 있는 물건들은 또 다른 작은 풍경이 되어
한 겹 한 겹 깊은 추억 속으로 우리를 끌어들인다.

톈징

'톈징(天井, 천장. 옛 가옥의 한가운데에 하늘을 볼 수 있게 만든 부분)'은 하늘을 보는 집의 눈이다. 내가 어렸을 때 이미 발견한 것이다. 어렸을 때 내가 살던 집은 동네 길가의 창우長屋 주택이었다. 나는 이곳에서 유년 시절의 추억을 쌓았을 뿐만 아니라, 집의 원형에 대한 개념을 처음으로 마음에 새기게 된다. 그 집은 오후 내내 시간을 들여야 끝마칠 수 있는 긴 이야기만큼이나 길고 긴 집이었다. 천진난만했던 그때의 나는 '집'이라면 죄다 우리 집처럼 집 안에 기다란 길이 있고, 그 길을 따라 어둑한 방들이 줄줄이 늘어서 있으며, 가운데 안뜰에는 눈을 부릅뜨고 하늘을 바라보는 톈징이 자리 잡고 있는 줄 알았다. 나의 이러한 공간 인식은 국어교과서에 '우리 집 앞에는 작은 강이 있고, 뒤에는 산비탈이 있다'라고 나오는 내용과는 확연히 달랐다. 월말 고사에서 매번 이와 비슷한 문제가 나올 때마다 항상 마음이 켕겼다. 내가 쓴 답은 모두 존재하지 않는 집에 대한 이야기였기 때문이다. 나중에 중학교 때 고향을 떠나 도시에 오고 나서야 대부분의 사람들은 어린 시절에 작은 강과 산비탈 사이가 아닌 도로변과 좁은 골목길에서 살았던 경우가 비교적 더 많다는 것, 그리고 가족의 주거 형태와 생활 방식 또한 모든 사람들의 삶에 지대한 영향을 준다는 사실을 알게 되었다.

기억 속의 그 긴 집으로 돌아가보면, 희미하게 빛이 모이는 곳이 바로 집 안쪽의 기다란 길 한가운데에 있다. 이에 앞서 집에 들어가는 순서는 먼저 큰길에서 치러우 아래로 들어가는 거다. 여기서 잠시 몸을 식히거나, 오후에 갑자기 내리는 큰비를 피할 수도 있다. 그다음 대낮에는 문을 활짝 열어두는 철물점에 들어가보면 가게 안 천장에 그득 걸린 고무 벨트부터 크고 작은 부품들이 들어찬 양쪽의 수납궤까지, 그러고도 벽면 가득 흘러넘치는 물품들로 10여 평 공간에 계산대와 발 디딜 틈 외에는 비어 있는 곳이 없다. 가게 뒤편은 완전히 어두컴컴한 좁은 길이므로 천천히 열 걸음쯤 가면 톈징에서 제일 가까이에 있는 선밍팅(神明廳, 집이나 가게, 사무실 안에 신에게 공양하기 위한 시설을 설치한 곳)에 닿는다. 톈징을 둘러싸고 식당, 욕실, 그리고 침실이 하나 있으며, 이 침실이 창우 주택에서 유일하게 창문이 있는 방이다.

나는 늘 선밍팅에서 숙제를 하는 게 좋았다. 톈징에서 내려오는 은은한 빛이 온몸을 물들이는 것도 좋았고, 처마에 드리워진 집의 그림자를 보는 건 더 좋았다. 콘크리트 벽을 타고 오르는 덩굴식물의 그림자가 천천히 움직여 지붕까지 올라가 마침내는 '집의 눈'인 톈징을 온통 삼키고, 해지는 저녁노을이 나의 몸까지 잠식해버리면 숙제를 하면서 저녁노을의 뱃속(빛 속)에서 탐험까지 할 수 있었으니까.

비가 오는 걸 좋아하게 된 것도 이 톈징 때문이다. 비가 오면 빗방울이 메트로놈의 박자처럼 규칙적인 소리로 들려온다. 느리게 시작해서 점점 빠르게, 톈징에서 선밍팅까지 전달된다. 그러면 나는 세숫대야와 양동이를 받쳐 놓고 빗물을 받는다. 빗방울이 납으로 만든 양동이를 때리는 소리는 유난히 맑고 청아하다. 그 소리가 두툼한 솜이불처럼 내 주위를 감싸면 이루 말할 수 없이 든든한 느낌을 준다. 처마 밑에 쪼그리고 앉아서 빗방울이 떨어지며 잔물결을 일으키다 튀어올라 물방울이 내 발에 떨어지는 광경을 구경한다. 그러다 고개를 들어 톈징을 통해 하늘을 보면, 얼굴로 굴러 떨어지는 빗방울이 발등에 닿았다가 튀어오르는 일련의 과정이 한눈에 들어온다. 처마 밑에 쪼그리고 앉아 있던 그때의 어린 남자애를 떠올리면 아직도 개굴! 개굴! 청개구리 소리가 들릴 것만 같다. 아마도 그때의 나는 다른 사람들이 알지 못했던, 우물 안 개구리가 느꼈을 법한 시적인 정취와 그림 같은 아름다움을 이미 조금은 알고 있었나보다!

밤의 톈징은 침묵하는 중년 남자다. 그는 자신의 존재를 차갑고 어두운 공기 속으로 사라지게 한다. 침실에 켜둔 작은 나이트 스탠드의 빛만이 창문 틈으로 가느다랗게 새어 나가 콘크리트 담벼락에 빛의 흔적을 남기다가 커튼 천의 꽃무늬 그림자와 만나면, 빛과 그림자는 남녀 주인공이 되어 춤을 추며 공기의 흐름을 따라 밤하늘로 떠오른다. 밀어를 속삭이며 달이 있는 곳으로 몰래 도망가려는 연인들처럼. 남자애가 오줌을 누려고 야밤에 일어나 반쯤 어둠에 잠긴 벽을 더듬어 톈징 옆에 있는 욕실의 불을 환하게 켜는 바람에 방금 전의 불온한 연인들은 다시 침묵에 잠긴다.

나는 작은 강과 산비탈 사이에 있는 동화 속 나라에서 살 기회가 없었지만, 어린 시절의 그 작은 톈징은 내 마음속 깊은 곳에 남아, 고요하고 아름다운 모습으로 내가 걸어가는 인생길에 함께하고 있다.

느릿느릿 흘러가는 하늘의 구름과 은은한 햇살,

가끔씩 장난치듯 내리는 비.

나는 원하는 게 그리 많지 않다.

텐징 하나면 충분하다.

내가 좋아하는 구멍가게

———

나처럼 초로의 나이에 접어든 평범한 사람들의 기억 속에는 잊을 수 없는 구멍가게가 아마도 몇 개쯤은 존재하리라!

구멍가게의 매혹적인 추억의 멜로디는 당신이 '구, 멍, 가, 게'라는 네 음절을 처음 발음할 때부터 시작되어 영혼 속에서 자라났을 것이다. 그 영혼은 모공 속에 든 피지 같은 물질이다. 오래된 구멍가게는 겉보기에는 튼실해 보이지만 실은 하늘의 별처럼 많은 모공이 있다. 모든 모공의 뒤에는 세월의 가장 깊은 곳까지 통하는 영혼이 있기에 손을 뻗어 비틀어 짜기만 하면 영혼이 그리움으로 변해 크림처럼 여기저기 넘쳐흐른다.

도시 곳곳이 온통 넓은 도로와 눈부시게 멋진 빌딩들로 가득 차 있는 것 같고, 길거리는 퍽이나 현대적으로 꾸며놓은 것처럼 보여도, 길모퉁이 어딘가에는 늘 몇몇 오래되고 낡은 건물들이 보인다. 그것들은 어쩌면 도시계획이 예정된 지역에 자리 잡은 '알박기'일 수도 있다. 지루하고 무미건조한 나날들 가운데 살짝 감상적인 기분이 들던 어느 가을날 저녁, 당신이 피곤한 외부 미팅을 마치고 힘이 다 빠진 상태로 사무실로 돌아오는 길, 서쪽으로 넘어가던 황금빛 태양은 치러우의 캔버스 차양으로 떨어져 발밑의 회녹색 보도블록을 비추고 있다. 완전히 로모 카메라적인 감성으로 다가오는 이 장면에 이르면, 당신의 지치고 늙은 영혼에 끈질지게, 진득하게 달라붙어 있던 낡은 껍데기가 벗겨지면서 문학청년의 감각 포텐 터지는 경험을 하게 되리란 것을 내가 보증할 수 있다.

기억 속에 간직하고 있는 구멍가게 스타일들은 다양하지만, 한결같았던 기억은 언제나 케케묵은 냄새가 난다는 거였다. 아마도 동일한 업종으로 오랫동안 장사를 해온 가게 특유의 호르몬 같은 것이리라. 아무리 먼 곳에 있어도 그 냄새는 당신을 소환해서 잡아오고, 당신을 두꺼운 이불로 포대기처럼 감싸 안는다. 나도 몇 개의 그런 이불을 소장하고 있어서 한동안 잊고 있다가도 꺼내어 햇볕에 말리고 먼지도 털어주곤 한다.

어렸을 때 살던 집은 동네의 큰길가에 있었는데 왼쪽, 오른쪽으로 50미터의 거리에 구멍가게가 하나씩 있었다. 왼쪽에 있는 가게는 사람들이 '다톄뗸(打鐵店, 대장간)'이라고 부르는 곳이었다. 아마도 가게 주인이 금속 가공기술이 좀 있어서 그렇게 불렀던 것 같다. 구리, 철, 은, 주석 등과 관련해서 고장이 나면 동네 이웃들은 모두 그곳에 가서 고쳐달라고 부탁했다. 대장장이 아저씨의 구멍가게 앞 치러우에는 항상 고쳐야 할 물건들이 쌓여 있었다. 팔다리가 부러진 구닥다리 로봇 인형들은 마치 대장장이 사부님이 회춘의 묘수를 시술해주기를 기다리고 있는 것 같았다. '오즈의 마법사'가 고쳐주기를 기다리는 양철나무꾼처럼. 나는 이 구멍가게를 엄청 좋아했다. 우리 할아버지와 아버지는 담배와 술을 사오라고 나를 매일 그곳으로 심부름을 보냈다.

나는 그 다톄뎬의 주인을 마법을 부리는 아저씨로 늘 기억하고 있다.

　오른쪽에 있는 가게의 이름은 '간쯔뎬'인데, 간쯔(귤의 일종) 빼고는 다 팔았고, 아주 가지런하게 정리가 잘되어 있었던 걸로 기억하고 있다. 가로세로 높낮이를 맞춰 층층이 쌓인 궤짝들은 교양 있는 여성들의 단정하게 쪽 찐 머리처럼 늘 깔끔하고 예의바르게 정리된 모습이었다. 가게 주인은 뭘 사려고 하든 궤짝들 속에서 쉽게 찾아 꺼내주시던 친절한 할머니였다. 나는 그 할머니가 쌀, 국수, 녹두 등을 저울에 올려놓고 달아 파는 모습을 구경하는 게 제일 좋았다. 할머니의 동작에는 보는 사람의 마음을 안심시키는 힘이 있었다. 저울만 있으면 세상에서 분쟁이 없어지고 마을에는 영원한 평화가 올 것 같았다. 구멍가게에 사람들을 안정시켜주는 초능력이 있었던 거다. 우리 할머니와 어머니는 소금, 식초, 간장을 사오라고 매일 나를 이 가게에 보내곤 했다. 이곳에서 내가 샀던 모든 식료품들의 이름은 어머니의 따뜻한 사랑과 동의어였다. 가게에서 종이봉투에 넣어준 물건을 안고 집으로 돌아가면 어머니가 항상 나의 얼굴과 머리를 쓰다듬어주셨기 때문이다. 이런 시간들이 내게는 수업과도 같았다. 혼자서 횡단보도를 건너는 수업, 물건을 살 때 거스름돈을 받고 감사하다고 말하는 수업. 크림과도 같은 이런 풍경들을 작은 머리에 기억하고 담아두는 수업, 그리고 나는 이 수업들을 영원히 잊지 못한다. 그러다 어느 해인가, 지진으로 인해 동네의 많은 단독주택들이 무너지고 벽돌로 지은 구멍가게 두 곳도 역사의 뒤안길로 사라져갔다. 지금의 나는 기억력이 아무리 좋아도 왼쪽, 오른쪽 50미터의 그 거리에서 몇 번이고 길을 잃는다. 그리고 얼굴과 머리를 쓰다듬는 그 손길이 그립고, 어렸을 때의 그 수업들을 다시 듣고 싶다.

무엇이든 다 있고, 아무거나 다 팔며,
그 어떤 일이 일어나도 이상하지 않았던
그 구멍가게들에 속했던 예로부터의 지혜들이
유행에 떠밀려 사리지는 일은 결코 없을 것이다.

전통 시장

———

공간에 대한 기억 속에는 누군가에 대한 그리움이 배어 있는 것 같다. 3대가 모여 살던 우리 대가족 식구들 중에서 나는 집안의 장손이었다. 무척 내성적이고 순했다(고 어머니가 최근에 알려주셨다). 할아버지는 내게 당신이 키우는 난초를 그려달라고 하는 걸 좋아하셨다. 종이에 꽃 한 송이를 그리고 나면 할아버지에게 사탕 한 알을 받았다. 그 외에도 내가 담벼락에 그린 물고기들을 먹이려고 물고기 옆에 먹이도 그려 넣었다. 할머니는 나를 데리고 시장에 가시는 걸 좋아하셨다. 슈퍼마켓이 없었던 그 시절, 전통 시장은 동네 특유의 트렌디한 시대상을 엿볼 수 있었던 곳이었다. 가장 새로운 식재료, 잘나가는 패션용품, 혹은 인기몰이를 하던 소문들은 모두 그곳에서 새로이 업데이트되곤 했다.

어렸을 때의 나는 어린이 놀이터보다 시장 구경을 더 좋아했다. 시장 어느 곳에나 새롭고 신선한 재료들이 넘쳐났고, 채소 가게와 정육점, 생선 가게, 그리고 과일로 쌓은 높은 탑을 보는 게 재미있었다. 최고의 묘미는 시장에서 장사를 하는 가게의 주인들을 구경하는 즐거움이었다. '마음을 따라 얼굴이 바뀐다'는 말이 있는데, 그야말로 가게에서 뭘 팔고 있는가에 따라 가게 뒤에서 뭔가 다른 그 무엇을 볼 수 있을 것 같았다. 예를 들어 채소를 파는 요염하고 예쁜 아주머니의 경우, 그녀의 곱슬머리는 진열대 맨 아래 칸의 광주리에 든 보라색 꽃양배추처럼 보였다. 긴 턱 한가운데에 매력적으로 파인 틈이 있어서, 방금 캐온 하얀 무 같았다. 가끔 중학생인 딸이 엄마 일을 거들려고 오기도 하는데 그 딸은 타고난 곱슬머리여서 땋은 머리를 즐겼고, 그 헤어스타일은 바로 내가 아주 즐겨 먹는 펜넬fennel과 비슷했다. 옆 가게의 돼지고기를 파는 멋진 사부님은 살집 좋은 스옌원(史艷文, 1970년~1974년에 대만의 전통 인형극 포대희를 TV 드라마로 만들어 방영한 〈운주대유협 사염문〉의 남자 주인공)처럼 생긴 얼굴에, 팔뚝살이 겹쳐진 모습은 돼지 족발을 생각나게 했다. 팔뚝 위쪽에 커다란 문신이 있어서, 간혹 죽순처럼 가늘고 기다란 수건을 걸고 있으면 왠지 '우량優良'이라는 두 글자로 보일 때도 있었다. 그 맞은편 생선 가게에는 성격 좋은 젊은 아저씨가 가게를 지켰다. 그는 생선의 크기에 따라, 생선의 빛깔에 따라 진한 색부터 연한 색으로 순서대로 진열하는 걸 좋아했다. 그의 가게를 보고 있으면 마치 그림을 감상하는 것처럼 느껴져서 매번 나의 발길을 오래도록 붙잡아두곤 했다. 생선 가게 아저씨는 몸집이 크고 배가 둥그스름한데, 동글동글한 머리가 목을 누르고 있어서 목덜미는 거의 보이지 않았다. 말할 때마다 불룩해지는 두 뺨은 자칫 한눈을 팔았다가는 언제든 헤엄쳐서 도망가버릴 배불뚝이 생선처럼 보였다.

앞으로 계속 걸어가면 남북건조식품 가게가 나왔다. 얼굴에 돋은 여드름 하나하나가 잡곡 알갱이처럼 보이는 그 가게 주인은 허리띠에 열쇠를 주렁주렁 매다는 걸 좋아하는데, 마치 말린 향신료 꿰미들을 가게 앞쪽에 줄줄이 매달아놓은 모습과 똑 닮았다. 남북건조식품의 맞은편은 과일 가게였다. 풍만한 몸매의 과일 가게 아주머니가 왜 맨날 참외를 옷 속에 감추고 있는지 몹시 궁금했던 내가 어른들한테 나중에 질문을 했다가 머리를 한 대 쥐어박혔던 적이 있었다. 과일을 좋아하던 소년의 달콤쌉싸름한 추억.

시장을 오가는 길에는 할머니가 항상 내 손을 잡아주셨다. 그러면서 방금 산 많은 물건들까지 들고 가실 때도 있었다. 가끔은 내가 장바구니 드는 걸 도와드릴 때도 있었다. 나는 그물망처럼 생긴 장바구니를 머리에 뒤집어쓰고, 그 격자무늬 칸 사이로 지나가는 가게 풍경들을 하나씩 구경하는 게 좋았다. 가게의 상품진열대는 기차 플랫폼 같았다. 플랫폼에 있는 생선, 고기, 과일, 채소들이 매일 기차역에 드나드는 손님들처럼 헤어지고 만나고, 플랫폼에 편안하게 있다가 안전하게 떠났다. 당시의 내 키는 진열대 위의 식재료들과 눈높이를 딱 맞추기 적당했고, 식재료들 중에서 눈살을 찌푸리거나 윙크하는 표정들을 항상 찾아낼 수 있었다. 식재료들은 나의 놀이 친구였다. 시장의 지붕은 아주 높았지만 할머니의 키도 높아 보였고, 내 손을 잡은 할머니의 손은 충분히 크고 따뜻했다.

할머니가 나이 드신 후로는 귀가 잘 안 들리고, 다리도 걷기에 불편해지셨다. 그래도 여전히 나를 데리고 시장에 가는 걸 좋아하셨다. 대지진을 겪고 나서 시장이 재건되면서 그 안의 가게들은 질서정연한 모습을 갖추게 되었다. 상품진열대에 있는 물건들도 정리되어 내 기억 속의 눈짓과 표정은 사라진 것 같았다. 예전에는 수요에 따라 유기적으로 성장하던 주거시설들이 지금은 사회에서 필요로 하는 주택을 건설하는 방향으로 발 빠르게 변모하고 있다. 동네가 '어른이 되는' 일에는 시기와 방법을 따지지 않을 때도 있는 법. 이리저리 돌아다니다보면 새로운 시장의 공간감각이 아직도 내게는 좀 낯설게 느껴진다. 아직 예전의 모습을 찾을 수 있는 단서는 가게 주인 2세대들의 모습에 남아 있다. 그들의 표정과 몸짓은 여전히 상품진열대에 있는 식재료와 조금은 비슷하고, 하늘나라에 계신 할머니에게서 나던 은은한 화장품 향기와도 같은 도타운 정이 느껴진다.

전통 시장에서 가장 아름다운 풍경은 '사람'이며,
인사말을 건네며 물건을 사고팔던 사람들 사이에 오가는 '정'이다.

공원

———

공공 공간에 대해 내가 처음으로 인지하게 된 곳은 아마 공원이 아닐까 싶다! 어렸을 때 내가 살았던 곳은 소도시의 길가에 있던 집이었다. 동네에는 공원이 두 곳만 있었던 것으로 기억한다. 규모가 큰 곳은 '중산 공원中山公園', 작은 곳은 '싼자오 공원'이라고 불렀다. 대만에서는 오랜 세월 동안 모든 동네에 이 두 개의 공원이 있었다. 이렇게 거의 모든 이들의 집단기억에 존재하는 공공 공간은 약간 어수룩하면서도 권위주의적이며, 사람들의 어린 시절의 특정 부분을 고정시켜준다는 특성을 지닌다. 여기에 빠질 수 없는 건 동상, 그리고 금박을 입힌 '천하위공天下爲公'이라는 네 글자.

공원의 '공공성' 개념은 늘 나를 흥분시키고 긴장을 하게 만드는 것 같다. 아마도 '공원에 간다'는 건 조그만 동네에 사는 당시의 아이들에게는 의식을 치르듯 해야 하는 일이어서 그랬을 거다! 매일 놀던 장소에 비해 공원이 우리 집에서 거리가 좀 있는 건 사실이었다. 우리가 평소에 자주 가던 곳은 방과 후의 초등학교 운동장, 근처의 공자묘, 거리의 우리 집 앞에 있는 넓은 치러우였다. 이런 장소들은 일상의 리듬과 생활 영역에 너무 밀착되어 있기에 신체의 일부분처럼 익숙해서 내 마음속에 이른바 '공공성'이라는 의미가 전혀 떠오르지 않았다. 만약 내가 개였다면 이들 장소에 오줌으로 나의 영역임을 표시해뒀을 거다. 공원 같은 공공 공간에서는 동네에서 놀던 것처럼 장난을 칠 수 없었다. '간첩 신고가 국민의 의무'였던 시대에 성장한 또래 남자아이들에게는 '공공'이라는 말이 엄숙한 어른들과 같은 존재였던 것이다. 각진 얼굴에 몸집과 엉덩이도 모두 네모반듯하고, 웃는 건 별로 좋아하지 않지만 학문과 지식은 있어 보이는 어른들, 그리고 사각형으로 대표되는 어른들의 세계 말이다. 우리 같은 아이들은 월말고사가 끝난 후 일요일에 어른들 시간이 날 때에만 큰 '중산공원'에 놀러 갈 기회가 있었다. 놀러 간다기보다는 차라리 '놀기'라는 과업에 참여하러 간다고 하는 것이 더 맞을 것 같다. 평소에는 슬리퍼를 끌고다니는 애송이들이 그날은 '중궈창中國強' 운동화로 바꿔 신는다. 그리고 학교 교복을 입는데, 당시에는 교복 이외에는 '란링구藍令古'라는 러닝셔츠밖에 없었기 때문이다. 어머니는 공원에 갈 때 러닝쳐츠을 입고 가는 건 체면이 서지 않는 일이라고 하셨다. 그래서 '체면'이라는 두 글자도 내 어린 마음에는 '공공성'의 일부분이었다.

공원에는 당시로서는 최첨단 놀이기구인 알록달록 채색 그네, 우리들 눈에는 매우 높아 보이는 장대타기 놀이기구가 있었다. 아주 너른 잔디밭도 있는데 어른들이 항상 잔디를 밟으면 안 된다고 하는 걸 보면 아마 이것도 체면을 지키기 위해서 그래야 되는 거였지 싶다. 여기에 모래밭, 아주 높은 미끄럼틀, 돌바닥으로 된 산책로, 멋진 분수대까지 다 갖추고 있었다. 어쨌든 그곳은 동네 최고의 놀이터였기 때문에 기구들이 다른 데보다 훨씬 더 좋았다. 콘크리트로 지은 팔각정도 있었다. 정자의 지붕은 주황색 유리기와로 덮고, 팔각정을 둘러싸고 있는 인조석 난간도 팔각형으로 만든 걸 보면 아마 팔각형이 체면을 살리기에 적합한 디자인이라고 생각했던 것 같다. 그 옆으로 조금 더 가면 거대한 반얀 트리(용수나무)가 있는데 일제강점기에서부터 그 자리에 있었다고 한다. 미성숙한 남학생이었던 시절의 나는 그 나무 구멍들에 많은 비밀과 고민을 숨겨두었더랬다. 그 비밀스러운 내용들은 내가 중년이 되어 다시 찾아갔을 때에도 그 자리에 제대로, 잘 숨어 있었다.

공원에 있는 아주 오래된 건물 한 동은 그 지역 유일의 도서관이었다. 바로 그 네모난 얼굴의, 엄숙하지만 학식이 높은 거인. 내가 기억하는 바로는 거기 근무하시던 도서관 직원 아주머니의 얼굴이 딱 그렇게 생겼던 것 같다. 그런데 아주머니의 엄숙한 외모 뒤에는 실은 부드럽고 따뜻한 마음이 있었다. 책을 빌리려고 대출 신청 목록을 쓴 걸 본 그분이 내 글씨가 너무 건성건성 쓴 것 같다며 나중에 자신이 직접 쓴 공책을 꺼내주면서 나더러 집으로 가져가서 베껴 쓰라고 하셨다. 이렇게 해서 그 아주머니는 내게 한자쓰기를 깨우쳐준 선생님이 되었다. 어릴 때 갖고 있던 노란색 표지의 중국어 사전처럼 네모반듯한 모습과 인자한 말투의 이 아주머니는 훗날 내 기억 속 모든 국어 선생님들이 원형이 된다. 내게는 국어 선생님 모두가 비슷하게 닮은 것처럼 보인다. 각각의 공공장소에는 그 공간이 속했던 시대의 모습이 담겨 있다. 그리고 그 공간을 거쳐가는 모든 세대의 어른과 아이들의 기억에 각기 다른 특성을 지닌 모습으로 아로새겨진다.

이러한 모습들에는 많은 성장의 단서들, 그리고 놀이와 게임 및 장소의 공공성에 관련해서 우리가 배운 것들이 남아 있다.

공원은 나의 어린 시절을 열 번 정도는 집어넣을 수 있을 정도로 넓지만,
나의 셔츠 주머니에 집어넣을 수 있을 정도로 아주 작기도 하다.
그래서 내가 어른이 되어서도 계속 데리고 다닐 수 있으며,
다른 곳에 있어도 고향의 푸르디푸른 잔디 냄새를 맡을 수 있게 해준다.

무대 아래의 인간

———

어렸을 때 살던 옛 집 근처에 예타이(野台, 야외 가설무대)가 있었고, 그곳에서 거짜이시(歌仔戲, 대만 오페라) 공연이 있었던 것을 기억한다. 예타이의 위치는 초등학교 교문 바로 옆 길거리에 있었고, 그 왼쪽에는 공자묘가, 오른 쪽에는 내가 제일 좋아하는 학교 밖 협동조합 매점이 있다. 당시 내가 살던 곳에서는 먀오청 광장을 제외하면, 축제나 공연을 할 수 있는 장소는 차량이 별로 다니지 않는 도로변이었다. 그런 곳에 예타이가 들어서면 곧바로 걸상과 팬덤이 따라와 온 길이 붐볐다. 참으로 역동적인 문화창조의 정신이었다.

초등학교에 갓 입학했던 나는 사실 거짜이시 작품들의 얽히고설킨 애증과 갈등의 구도를 잘 이해하지 못했다. 무대에 오르는 극들 중에는 어른들이 몇 번이나 봐도 결코 질리지 않는 줄거리를 지닌 것도 있지만, 가끔은 줄거리가 없는 작품도 있었다. 신선 분장을 한 배우 몇 명이 두 줄로 서 있고, 그 옆에 있던 반주 악단인 원우창(文武場, 희곡의 반주 악대)이 하늘이 뒤집힐 만큼 큰 소리로 연주를 하기도 했다. 나중에 어른들의 말을 듣고 알게 된 건, 그

249

줄거리가 없는 극들은 사신례(謝神禮, 신에게 제물을 바치고 제사를 지내는 것)를 무대에 올린 거였다. 그때의 나는 아직 어려서 무대에 오르는 극들의 예술적 정취를 이해하지 못했음에도 불구하고, 각 공연에 등장하는 아름다운 문양과 주연 배우들의 얼굴을 덮고 있는 야릇하고도 짙은 화장에는 늘 궁금증이 일었다. 그래서 집에 돌아와서는 이 신선들의 얼굴과 무술 동작을 벽에 크레용으로 그려가며 내가 만든 극본으로 다시 한번 대결을 시켜보곤 했다.

무대 위에서 펄펄 날고 땅속으로 숨으며 사람들이 오가는 시끌벅적한 분위기 외에 또 나를 사로잡은 건 바로 무대 아래의 신비한 세계였다. '스피드'를 그리 요구하지 않았던 그 시대, 야외무대의 골조는 목재 위주였고 굵은 대나무로 보조 장치와 세트 배경막의 지지대를 만들었다. 예전과 달리 지금의 야외무대는 대부분 경량 철골 구조이며, 부속품들이 다 모듈식이라 조립과 해체가 쉬워 효율적이지만 손맛이 덜한 느낌이다. 테크놀로지의 혜택을 받지 못한 전통적인 예타이의 부드러운 결은 그래서 오히려 관객들의 마음속에서 따뜻한 빛을 발한다.

키 작은 꼬마였던 나는 허리를 구부릴 필요도 없이 자유자재로 무대 아래쪽의 나무 골조 사이를 왕래할 수 있었다. 하지만 자유롭게 드나들 수 있는 건 아니었고, 어른들의 이목을 피해서 탐험을 해야 했다. 나는 숫기가 좀 없는 성격이라 아무도 모르게 살금살금 접근해서 무대 뒤에 숨어 배우들이 화장하는 모습을 구경하면서 바나나 속살처럼 하얗게, 토마토보다 붉게 변하는 배우들의 커다란 얼굴을 지켜보는 게 좋았다. 사람뿐만 아니라 다양한 무기들도 볼 수 있었는데 칼, 창, 검, 미늘창, 작은 도끼, 큰 도끼, 갈고리, 쇠스랑 등이 줄줄이 늘어서 있는 장면이 아주 위풍당당했다! 이 정도의 스케일은 청황먀오(城隍廟, 성황묘)의 우두마면(牛頭馬面, 불교 신화와 전설에 나오는 소의 머리에 말의 얼굴을 한 지옥의 옥졸)들에서도 볼 수 있지만, 무대 아래에 잡다한 세속적인 물건들과 함께 놓인 그 신선들의 무기를 생각하면 당시의 정경이 떠올라 마음이 따뜻해진다. 나는 항상 부모님께 그 무기 세트를 사달라고 졸라대곤 했었는데, 그 장난감을 갈망했던 마음은 세계 평화를 유지하기 위해 아이언맨이 되려고 하는 요즘의 남자애들과 비슷하다.

무대 아래에서 재밌는 것을 찾으러 다니던 어느 날, 우리 반에 얼마 전에 전학 온 여자애를 만났다. 키는 나보다 조금 크고, 마른 체격에 가늘고 긴 팔다리, 머리는 말총머리였다. 전체적으로 봐서 전통 인형극인 포대희의 스옌원 인형을 확대하면 딱 그렇게 생겼을 것 같았다. 거짜이시 무대 아래에서 이렇게 다른 극의 주인공과 판박이인 인물을 만난다는 게 초현실적이면서도 위화감은 별로 느껴지지 않았다. 여자애 버전의 스옌원은 어른 한 분을 찾으러 왔다고 했다. 무대 위에 있는 무구이잉(穆桂英, 경극에 등장하는 주인공들 중의 하나)이 바로 그 아이의 어머니였다. 여학생 급우는 나를 데리고 거침없이 무대 뒤로 들어갔다. 무대 뒤의 우성(武生, 중국 전통극의 남자 무사 역할) 아저씨와 화단(花旦, 전통극의 말괄량이 여주인공 배역) 아주머니들과 인사하는 모습을 보고 그때서야 나의 급우와 이 신선들이 실제로도 한 가족이란 걸 눈치챘다. 세상 평범한 아이인 나는 과거와 현재를 타임슬립할 수 있는 신선 패밀리가 너무도 부러웠다. 나는 거기에 있는 강력한 무기들을 가까이에서 하나씩 유심히 살펴보면서 동시에 머릿속으로 그들을 업그레이드시켰다. 이것에는 레이더를 장착하고, 저것에는 비행 장치와 광선총을 추가하고, 이건 너무 많은 '숙제'에 납치된 아이를 구출할 때 대활약을 할 나의 무장 부대다. 이런 걸 상상하는 것만으로도 숙제 때문에 찌푸려졌던 나의 눈살 위로 조금은 우쭐한 기색이 스쳐지나가는 게 느껴졌다. 아마도 당시의 그 애송이는 이미 '능력이 막강할수록 책임도 크다'는 마블 히어로의 책무를 이해하고 있었던 것 같다.

여자애 버전 스옌원 급우는 폭죽 모양으로 땋은 머리의 여동생도 데리고 있었는데, 역시 〈윈주대유협 사염문〉의 등장인물 중 하나인 얼츠(二齒, 이가 두 개밖에 없는 아이)의 확대판이었다. 그 애는 언제나 막대 사탕을 입에 물고 스옌원 옆에 딱 달라붙어 다녔다.

이들 자매는 어렸을 때부터 극단을 따라다니는 생활을 해왔다. 무대 뒤에서 숙제를 하고 무대 뒤에서 놀았다. 서로의 얼굴에 화장을 해주는 걸 즐겼는데, 다바이롄(大白臉, 중국 전통극에서 배신자, 교활하고 간사한 인물 배역)과 다화롄(大花臉, 전통극의 고위 관리 배역)으로 분장할 때도 있고, 가끔은 〈들장미 소녀 캔디〉와 〈주거쓰랑〉(諸葛四郎, 대만의 만화가 예홍자의 만화 작품. 1950년대 말~1970년대에 대단히 인기를 끌어서 만화와 연극 등으로 제작됨)의 등장인물로 분장하기도 했다. 나는 그들 옆에서 늘 이야기를 지어내서, 촉나라의 장수 장비(張飛)와 송나라 장수 악비(岳飛)는 날개가 생겨서 하늘을 날아갔다든가 하는 이야기를 신나게 들려주면 그들도 즐겁게 연기를 했다. 그해 여름방학, 우리는 수많은 춘추전국과 삼국연의의 판타지 버전과 함께 극단의 무대 뒤와 무대 아래에서 시간을 보냈다.

일 년 후 스옌원 급우는 전학을 갔다. 신선 패밀리가 다른 동네로 무대를 옮겨 더 규모가 큰 원우창(경극의 음악 부분. 노래는 문관, 악기는 무관이 담당)을 공연하게 되었기 때문이다. 공자묘에 있던 무대에는 새로운 극단이 들어왔고, 무대 위의 공연과 전투 장면은 여전히 흥미진진했지만 무대 아래의 삶은 이제 다시는 예전과 같지 않았다.

그로부터 마흔 몇 번의 겨울과 여름이 지나갔지만, 하얀색 분장 뒤에 감춰진 초롱초롱한 눈빛과 그 옆에서 반짝이던 두 개의 이빨(얼츠)을 나는 아직도 기억하고 있다.

가장 매혹적인 풍경이 반드시 무대 위에만 있는 건 아니다.
무대 뒤의 삶에 참여할 때 우리도 극의 주인공이 된 듯 로맨틱한 경험을 할 수 있다.

울기 편한 극장, 웃기 쉬운 빙수 가게

1971년 무렵, 내가 막 초등학교에 입학했을 때였다. 구구단 같은 건 유치원 다닐 때 벌써 외울 줄 알았다. 나는 우리 대가족의 첫 번째 손자였고, 그때는 명절 대소사가 있을 때마다 나 같은 어린애들은 친척들이 모인 자리에서 재롱잔치를 펼쳐보여야 하던 시절이었다. 그래서 나는 운명에 순응하기 위해 매일 유치원에 있는 시소 옆 타이어 튜브 위에 앉아 책받침 뒷면에 인쇄된 내용을 뭐든지 외웠다. 왜 3 곱하기 7은 21이 되는 것인지 따위에는 신경을 쓰지 않았다. 이렇게 재능을 보여주는 것이 바로 테엽 감는 시대의 동네 풍경이었다! 그 당시 동네 젊은이들이 가장 많이 찾던 데이트 장소는 영화관이었고, 다른 하나는 영화를 본 후에 이야기를 나눌 수 있는 빙수 가게였다. 내겐 예쁜 고모가 한 분 있는데, 고모가 남자친구와 데이트를 할 때면 항상 나를 데려갔다. 일단은 내가 고모의 샤프롱 노릇도 하고, 내가 잘 외울 줄 아는 구구단이 어색한 분위기와 무료함을 해결할 수도 있어 일석이조였기 때문이다. 그래도 안 되면 나는 가오링펑(高凌風, 1980년대 대만의 인기 가수)과 류원정(劉文正, 1970~1980년대

대만의 인기 가수)을 흉내낼 수도 있었다. 당시 우리 집에는 텔레비전이 없어서 이런 재주는 학교 친구들에게서 배웠다. 나중에 텔레비전을 보게 된 다음에도 우쭐대는 건 여전했다. 나는 나 자신이 국어교과서의 표지 모델을 해도 될 정도로 아주 귀엽다고 생각했으니까.

예전에는 영화 보는 곳을 영화관이 아니라 '시위안戲院'이라고 불렀다. 별로 신기하거나 이상한 일은 아닌 것이, 당시에는 영화 외에도 가끔 가무단이나 여러 극단들이 와서 예능쇼, 서커스, 마술쇼 등을 공연하곤 했었다. 애송이 꼬마였던 나는 영어 대사를 빼고는 거의 다 알아들었다. 물론 나중에 〈울트라맨〉, 〈신드바드 시리즈〉 영화도 나오게 되지만, 나는 그때서야 영어 알파벳 26개를 외울 준비를 하던 참이었다. 시위안에 들어가기만 하면 난 늘 간식부터 사달라고 고모를 졸랐다. 납작하고 네모난 건두부, 말린 망고, 단주치수이(彈珠汽水, 구슬 사이다. 잘록한 병목 위 뚜껑에 구슬이 들어 있다)를 거의 매번 사먹었던 기억이 난다. 간식을 파는 곳은 아주 작은데, 거기서 일하는 아주머니의 체격은 매우 커서, 내가 보고 싶은 영화 포스터는 항상 아주머니의 엉덩이에 가로막혀 있었다. 나는 포스터에 있는 배우들을 일일이 머릿속에 기억해뒀다가 집에 돌아가서 그려보곤 했다. 이건 내가 영화를 기억하는 하나의 방식이기도 했다.

나는 대부분의 시간을 간식 파는 곳에서 빈둥거리다가 애국가가 끝나고 나면 어른들을 찾아 영화관에 들어갔다. 고모가 영화를 보면서 눈물을 닦으면 그때마다 스크린 속의 여주인공과 그녀의 엄마도 눈물을 흘리고 있었던 것이 생각난다. 영화 속에서 오가는 강렬한 사랑과 증오의 감정, 고통 같은 건 잘 몰랐지만 그 어두운 공간에서 눈물을 닦던 동작은 언제까지나 오래오래 기억 속에 남아 있다. 그래서 훗날 내 인생에서 시위안을 줄곧 슬픈 공간으로 여기게 되었다. 그곳의 짙은 어두움은 사람의 시야를 좁게 만들어주기 때문에 그 작은 영역에서 울 때는 못생겨 보여도 부끄러워할 필요가 없다. 어른이 되고 나서는 밝은 태양 아래에서 뒤틀렸던 기분을 어두운 영화관에 데리고 가서 상쾌한 눈물로 뽑아 두 손으로 닦아냈다. 나는 남자들이 영화를 볼 때 '눈물점'을 좀 낮추는 게 미덕일 뿐만 아니라 정신건강에도 좋다고 본다. 영화가 끝나면 데이트 남녀와 나는 산책 삼아 빙수 가게까지 걸어간다. 빙수 가게에는 가게보다 더 커 보이는 흰색 간판에 붉은색 글씨가 쓰여 있었다. 그리고 '점店'이 아니라, 굳이 '실室'이라는 단어를 사용해서 가게 이름을 지었다. 나로서는 별다른 이견이 없었다. 가게 공간이 방 한 개 정도의 크기로 작아서 그 이름에 걸맞게 보였기 때문이다. 그리고 '실'이라는 단어에서는 귀빈실 혹은 접대실처럼 살뜰하게 보살핌을 받는 느낌이 든다. 물론 이런 '어른스러운' 통찰력은 나중에 내가 어른이 되면서 서서히 깨달은 것이지만.

　빙수 가게 내부는 흰 벽과 천장, 형광등들을 제외하고는 온통 스테인리스 스틸에 대한 기억만 남아 있다. 냉장고, 카운터, 빙수 기계, 그리고 우리가 앉아 있던 테이블과 의자까지 모두 스테인리스 재질이었다. 내가 태어나기 전부터 있었던 이 가게는 아마 3대에 걸쳐 장사를 해도 모든 가구들이 깨지지 않기를 바랐었나 보다. 이런 쿨 재즈(cool jazz, 1948년경부터 유행하기 시작한, 약간 차가운 느낌의 모던재즈) 스타일의 차가운 공간에서 연인들은 그들의 열정을 누그러뜨릴 수 있다. 어쨌든 이곳에 온다는 건 바로 데이트의 사랑스러움을 표현하는 일이자, 썸타는 시기를 돌파하기 직전의 달콤한 시간을 의미한다. 데이트하는 사람들은 더운 날에는 웃으며 빙수를 먹고, 추운 날에는 달콤한 음식을 먹는 것에만 신경을 쓴다. 동네에는 일 년 내내 사랑을 실천하고 훈련할 장소가 있어야 순정한 사랑의 불꽃이 영영 꺼지지 않는 것이다. 나중에 들은 바로는 지금의 젊은이들은 이미 빙수 가게에서 데이트를 하지 않는다고 했다. 그 옛날 빙수 가게 데이트족이었던 지금의 할머니 할아버지들만 가끔 손주들을 데리고 바바오빙(八寶冰, 8가지 재료에 타피오카 떡을 넣은 옛날 맛 빙수)을 먹으러 간다. 가는 김에 구구단을 연습시키면서. 그 오래된 시위안이 지금은 식료품매장으로 바뀌었다. 젊은이들은 휴대폰으로 보는 드라마에 더 신경을 쓰는 것 같다. 페이스북에서는 모두가 연기를 하고, 서로가 연극을 보듯 구경한다. 절대로 유행에 뒤처지지 않는 썸타는 줄거리가 매일 24시간 소통되는 SNS에 뜬다. 사람과 사람 사이가 친밀하면서도 외롭다. 언젠가는 '데이트'라는 단어 자체가 진부한 표현으로 치부되는 날이 올지도 모르겠다!

남자에게는 쉽게 울려주는 풍경이,
어른들에게는 쉽게 웃겨주는 풍경이 조금씩은 필요하다.

일일시호일

초등학교 교문 바로 옆에는 그 누구도 당해낼 수 없는 마성의 작은 가게가 하나 있었다. 나는 매일 등하굣길에 이 가게 앞을 지나다녔는데, 순박하고 촌스럽게 생겼지만 머릿속에는 각양각색 기괴한 세계가 들어 있었던 어린 날의 나를 닮아서, 언제나 새롭고 재미있으며 예상치 못한 스토리가 마치 소년소녀만화의 한 페이지처럼 펼쳐지던 가게였다.

　이 가게는 한 층짜리 단독주택인데 경사진 지붕에 검은 기와를 얹고, 기와들 사이에는 벽돌이나 철판이나 비닐 장판 같은 걸로 땜질을 해놨다. 내 머리는 당시 유행하던 헤어스타일인 비틀스 머리를 따라 하느라 앞머리를 눈썹 높이에서 일자로 자른 것처럼 우스꽝스럽고 어수룩했는데, 가끔 그 사이에 거우피야오가오(狗皮藥膏, 고약의 일종)를 두어 개 붙여놓으면 그 검은 지붕과 아주 흡사한 모양새가 된다. 정면을 중심으로 해서 양쪽으로 늘어진 검은 지붕을 따라 널찍하게 옆으로 퍼진 집의 좌우 벽돌담은 여러 가지 빛깔이 뒤섞여 얼룩얼룩하지만, 벽에 기대놓은 의자 위에 손님들이 마실 수 있게 준비해놓은 커다란 찻주전자를 보면 작은 동네에서만 볼 수 있는 따뜻한 정을 느낄 수 있다. 게다가 주전자 뒤쪽으로 보이는 퇴색한 춘롄(春聯, 설날에 문이나 기둥 등에 써붙이는 글귀. 입춘방)까지 더해져서, 이 문을 들락거리는 사람들이 보기에 체면은 충분히 서는 것 같다.

내가 그 가게를 드나들 때 버릇처럼 했던 일들이 지금도 생각난다. 가게를 들어가면서 가장 왼쪽의 바깥쪽 벽돌담에 걸린 추억의 종이뽑기판에서 3장의 카드를 뽑아서 행운을 점쳐보는 일이 제일 먼저 하는 일이었다. 판에 배열된 백개의 행운 중에서 한 장 한 장 행운의 기회를 고르고 뽑아 세심하게 포장을 뜯고 운명을 열어 보는 일. 이건 바로 카드판에 있는 여러 가지 작고 귀여운 소품들을 얻기 위해서였다. 작은 장난감, 작은 인형, 작은 봉지에 든 말린 망고… 뽑기판 위의 작은 우주에는 그 시절의 소소한 지혜들이 충만했다. 사실 이 뽑기의 당첨 확률은 매우 희박했다. 아마도 애송이들이 노렸던 건 새콤한 매실을 생각하며 갈증을 달랬던 선조들의 지혜를 따라하면서 얻게 될 치유의 순간이었겠지.

두 번째로 내가 반드시 거쳤던 놀이는 네모칸 보물 뽑기였다. 가게에 들어가면 가장 오른쪽 앞에 위치하고 있으며 왼쪽의 종이뽑기판처럼 커다란 사각형의 행렬인 건 동일했으나 이번에는 3차원의 입체적인 공간으로 진화한 것이었다. 각각의 네모 안에 신비로운 선물이 숨어있어서 사탕이 나올 때도 있고 유리구슬이 나올 때도 있다. 어떤 때는 '밍셰후이구(銘謝惠顧, 혜량하여 주셔서 깊이 감사합니다. 즉 '꽝'이라는 뜻)'라고 적힌 백지가 나올 때도 있는데, 이 글자들은 어렸을 때 내가 가장 싫어했던 사자성어였다. 문어체로 쓴 이 헛소리들은 대체 뭐지? 뜻은 제대로 이해할 수 없었지만 이 단어를 보면 그냥 한 번 더 실패하는 느낌이 들었다. 어쩌다 한 번 잘 점찍어서 뽑은 게 대박이 난 적이 있었다. 바로 형광 초록색의 작은 플라스틱 불도저였다.

　나는 신이 나서 그길로 학교 운동장에 개미집을 파러 갔다. 비록 그 불도저는 잠시 후에 부서져 장렬하게 전사해버렸지만 그래도 더할 나위 없이 행복했던 오후였다. 가게 안에 있던 높다란 목재 카운터를 제외하고, 눈에 보이는 사방의 모든 벽과 천장에는 주로 포대희에 나오는 인형들이 즐비하게 걸려 있었다. 얼츠와 스옌원부터 각종 공룡 모양의 플라스틱 저금통, 공기충전 피규어인 마징가 Z와 마징가의 여친들 중 하나인 아프로다이, 선더버드 특공대의 플라스틱 항공모함, 그리고 온 우주 삼라만상이 거기 있었다. 비율이 각기 다르게 만들어진 주인공들이 뒤섞여 그야말로 마법에 걸린 환상적인 극장 같았다. 스옌원이 한 손으로 아프로다이 A의 광자력 미사일을 방어할 수 있고, 마징가 Z가 숨가쁘게 씩씩거리며 쫓아가보면 얼츠가 익수룡翼手龍을 손으로 움켜쥔 채, 입에 화성火星을 물고 있는 광경이 나타나는 식이다. 오대양 육대주 방방곡곡 여기저기에서 연이어 들리는 고함 소리, 총포가 폭발하는 소리가 포대희의 원우창 장면과 겹쳐지며 내 머릿속에서 다양한 음조로 울렸다.

　무엇보다도 즐거운 일은 여름방학이 되면 이 가게에 와서 특제 귤 아이스바를 사먹는 거였다. 이걸 손에 들고만 있어도 한여름의 더위를 날려버릴 수 있었다. 이를 시리게 하는 차가움이 배까지 내려가고, 혀끝과 가슴은 달콤해진다. 광선검보다 더 실용적인 우주 무기인 귤 아이스바를 가지고 여름과 싸우는 한편, 우리에게 군것질을 많이 하면 안 되고, 만화도 많이 보면 안 된다고 하는 어른들의 세계와 맞서기도 했다. 이때 아주 대단한 것이 있었으니 바로 봉지빙수였다. 팥, 녹두, 땅콩 등의 맛을 고를 수 있으며, 조그만 직사각형 비닐봉지에 균형이 잘 맞지 않아 기묘하게 보이는 만화 캐릭터가 인쇄되어 있고, 얼음을 얼린 정도가 매번 달랐다. 길 위에서 열심히 할짝할짝 달콤하게 핥아 먹으며 집으로 돌아갈 때면, 녹아서 말랑말랑한 몸이 된 비닐봉지는 밀려오는 저녁노을에 쫓겨 한 줄로 남은 수평선처럼 납작해졌다.

이 학교 밖 협동조합 매점은 내 어린 시절의 달콤한 행복을 몰래 숨겨둔 돼지 저금통이다. 이제 중년의 나이가 되어 달콤함들을 되찾기 위하여 그 돼지 저금통을 열어 그 시절을 회상해보았다. 어린 시절의 추억뿐만 아니라 그동안 내가 경험한 제도권 밖의 세계에 대한 탐험과 발견도 다시 한번 돌이켜보면서.

학교 담장 밖에서 파는 아이스바가
언제나 학교에서 사 먹는 것보다 더 달콤하고, 라면도 항상 더 맛있었다.
그 담장이 있어서 고맙고, 제도권 밖에 새로운 차원의 사고방식이
여전히 존재한다는 사실을 잊지 않도록 내내 일깨워주고 있으니 고맙다.
그 담장을 넘어가서 확인해볼 가치가 있다.

처음 기숙사에 들어가다

———

기숙사 생활을 처음 경험해본 건 중학교에 다닐 때였다. 초등학교를 갓 졸업하고 입술 위에 부드러운 수염이 돋아나기 시작한 그 애송이가 고향을 떠나 도시의 사립중학교에 다니게 된 것이다. 우리 집은 부자가 아니다. 그런데도 부모님이 나를 도시에 있는 사립학교에 보냈던 까닭은 나중에 내가 성공해서 금의환향하여 가문을 빛내기를 기대하셨기 때문이다. 결국 나는 우리 집이 아닌 '다른 곳'에서 줄곧 생활하는 전형적인 나그네의 삶을 살게 되었다. 떠다니는 구름처럼 발길을 옮겨 중고등학교, 대학교, 군대에 가고, 그리고 결혼을 하여 다른 가정을 세웠다. 지금 돌이켜보면 매번 고향을 방문할 때마다, 방문과 방문 사이의 간격을 메운 건 성장과 변화의 여정이었다. 아주 어렸을 때부터 집과 거리를 두고, 집이라는 개념을 멀리서 바라보는 법을 배워야 했고, 그러다 보니 '기숙사'가 자연스럽게 나의 일용할 집이 되었다.

기숙사는 일종의 미니어처 집합주택이라고 할 수 있겠다. 이곳은 주거 규격의 가장 작은 단위인 '한 사람'을 최소 단위로 정하고, 각 최소 단위마다 식의주락(食衣住樂, 의식주+오락) 등 생활 기능을 포함하며, 동시에 고향을 그리워하는 향수를 지닌 최소 단위들의 집합체.

내가 처음 묵었던 기숙사 이야기부터 해보자. 그 기숙사는 한 방에 8명씩 배정했다. 이제 막 사춘기에 접어든 여덟 명의 어린 소년이 처음으로 집을 떠나 같은 공간에서 생활하게 된 거다. 마치 정글에 처음 들어가 사냥을 배우게 된 새끼 사자와 같았다. 과도한 설렘과 흥분이 집에서 100리나 떨어진 곳에 있다는 우울함을 순식간에 날려버린다. 기숙사 방은 8평이 채 못 되는 공간인데 침대 8개, 책상 8개, 사물함 8개를 모두 마법을 부리듯 일사불란, 질서정연하게 부려놓았다. 여기서 잠자고 공부하는 것 외에, 주먹다짐을 하면서 권법을 수련하고, 기타를 치면서 노래를 부르고, 라면을 끓이고, 야한 소설도 몰래 읽었다. 8개 지역의 문화와 생활습관을 가진 8명이 이 공간에서 만나 독립적으로 살아가는 기술을 배우고 이웃과 잘 어울리는 방법도 배웠다. 집합주택 여기저기서 이러쿵저러쿵 속닥거리는 소리가 들린다. 우리 집에는 설탕이 없는데 너의 집에는 마늘이 없다는 둥 사소한 일상의 이야기와 사건들이 땀냄새 가득한 남자 기숙사에서 매일 발생한다. 기숙사 복도는 도시의 거리와도 같다. 복도에 줄지어 늘어선 각 방들은 거리를 사이에 두고 마주 보고 있으며, 아파트 한 채에 해당하는 방 한 개에 8개의 작은 거처가 있다. 매일 밤 8종의 코를 고는 소리와 이를 가는 소리가 각기 다른 주기 및 빈도로 울려 퍼지고, 가끔 잠꼬대하는 소리와 고향이 그리워 흐느껴 우는 소리가 들렸다.

당시 기숙사에는 일인당 한 개의 책꽂이를 쓸 수 있으며 그 책꽂이에는 교과서 외의 책은 한 권만 비치해야 하는 규정이 있어서, 이 책꽂이들이 색

다른 풍경을 선사했다. 책꽂이의 책을 보면 책상 주인의 취향이 드러나며, 책의 상태를 보면 평소에 책상 주인이 먹는 간식과 라면 종류도 알아낼 수 있다. 그리고 책꽂이를 보면서 책상 주인이 부모님께 보내는 편지지의 색깔까지도 서로 알아맞히는 재미가 있었다.

계엄령(대만에서 1949년 5월 20일 0시에서 1987년 7월 15일까지 선포된 계엄령. 세계 역사상 가장 지속 기간이 길었던 전국계엄이며, 대만에서는 이 시기를 계엄시대 또는 계엄시기로 부른다) 시대, 무엇을 하건 어디에 있건 제복을 입어야만 했던 집단적 공간에서 개인용 책 한 권을 소지할 수 있는 자유는 그야말로 타인과 다르다는 자아인식을 표현할 수 있는 영혼의 창이었다. 그 독특한 표지가 예술적이거나 지적인 것과는 상관없이 어린 남학생들은 그 작은 창문으로 보이는 하늘과 구름을 볼 수 있고, 서로의 상고머리가 아닌 자기 자신의 존재감을 느낄 수 있었다. 우리들은 가끔 자신들이 소장한 책을 서로 나누고 서로의 하늘과 존재감을 교환했다. 열서너 살의 우리는 『노인과 바다』에서 장엄한 삶의 풍경을 살펴보고, 『제인 에어』가 단순한 사랑 이야기가 아니라는 것을 알게 되었으며, 『의천도룡기』의 주인공 '장우지'와 고룡의 소설 『초류향楚留香』의 주인공인 '추류샹楚留香'의 무술 실력과 잘생김 정도를 비교하기도 했다. 또한 위광중(余光中, 1928~2017. 대만의 시인, 작가, 번역가. 량스추의 제자) 선생의 『향수사운鄕愁四韻』은 하릴없이 향수를 이야기하던 애늙은이 같은 우리들이 지금은 어리고 약하지만, 스스로에 대한 자신감, 미래에 대한 자기만의 견해를 다른 사람에게 보여주고 싶어하는 소년임을 처음으로 경험하게 해주었다.

사람들은 종종 타자를 통하여 자신을 인식한다. '기숙사'라는 미니어처 집합주택은 집단적이면서도 개인적이기도 하다. 나는 그 안에서 공공 공간에서 개인의 은밀한 사생활을 존중하는 것을 배우고, 각 개인들이 집단으로 거주할 때 갖추어야 할 사회성도 익혔다. 나는 집을 떠나고 나서야 '집을 그리워하다'는 것이 무엇인지 알게 되었다.

대다수의 사람들에게 '처음'은
언제나 삶에서 매우 특별한 기준이 된다.
많은 사람들이 '처음'으로 함께 모여
동일한 시간과 공간에서 부딪치며 그려내는
삶의 미시적 풍경은 매우 흥미진진하다.

나의 소년시대

———

모든 사람들의 성장 과정에는 연초록색 첫봄을 맞이한 소녀와도 같은 마음으로 아이돌을 숭배했던 시절이 있었으리라.

건축학을 전공하면서 누군가를 숭배하지 않기란 특히나 더 어려운 일일 테다. 앞으로 다시는 만날 수 없을 것 같은 완벽한 르네상스맨, 혹은 모더니즘의 선구적인 영웅들을 보라. 르 코르뷔지에가 해변의 모래사장에서 산책을 시키는 커다란 개, 안도 다다오가 사무실에서 키우는 고양이도 '건축사建築史'라는 거리의 어느 길모퉁이에서는 신성하게 떠받들어지는 상징물이 될 수도 있는 거다. 때로는 대가의 무심한 손짓이나 어딘가를 뚫어지게 쳐다보는 동작만으로도 영웅적인 감성의 흑백사진으로 마음에 각인될 때가 있다.

내가 대학교에 다니던 시절, 학생들 마음속의 아이돌은 책에서 만날 수 있는 대가보다는 학과의 교수님들이 앞자리를 차지했다. 내가 입학하던 해의 학과장은 문인의 숨결과 학자로서의 기품이 넘치는 분이었다. 큰 키에 곧고 늘씬한 몸매, 그리고 흰색 셔츠 앞가슴 주머니에 늘 라미 만년필을 꽂고 다녔다. 당시의 라미 만년필은 비범하고도 뛰어난 재능을 상징하는 대표적인 문구였다. 동급생들과 나는 라미 만년필을 여러 개 수집해서 제도용 테이블에 올려 두었다. 건축가라는 매혹적인 직업에 대한 환상과 함께.

버클리대학이 감염시킨 자유로운 학풍에 대한 학과장의 담론을 듣고 있으면 어렴풋이 히피적인 감성이 탐지됐고, 마치 우드스톡 페스티벌(The Woodstock Festival, 1969년 8월 15일부터 3일간 뉴욕주 북부 우드스톡 인근의 베델의 한 농장에서 열린 음악 페스티벌)이 열렸던 교외의 풀밭에 앉아 불어오는 역사의 산들바람을 마주하고 있는 듯했다. 아이가 없었던 학과장과 그의 부인은 학생들을 자신의 아이로 여겼고, 학과장은 내게 아버지처럼 건축에 대한 상상력과 숭배의 감정을 최초로 일깨워주었다.

두 번째 아이돌은 우리에게 중국건축사를 가르쳐주셨던 분으로, 커다란 체격에 풍채가 우아한 신사였다. 이 동방 유학자儒學者의 영혼에는 은은한 향기 가득한 백단향 나무와도 같은 기개가 넘쳐흘렀다. 이 신사의 몸은 도서관과도 같아서, 사고전서(四庫全書, 청나라 건륭제 시대에 편찬한 중국 역사상 최대의 총서. 세계사적으로도 유례없이 방대한 분량)가 들어 있음은 물론이요, 학문을 논할 때의 강건한 기상과 활력은 황허(黃河, 황하)의 거친 파도까지도 능히 대화에 끌어들일 수 있을 정도였다. 선생의 목소리는 크지 않았지만, 한 마디 한 마디가 허공에 새겨지는 느낌이었다. 나는 그의 말을 통해서 지식을 배웠을 뿐만 아니라, 더 중요한 건 문학적으로 농축된 부드러운 감성을 확고하게 구축할 수 있었다는 사실이다. 철이 들고 나서 처음으로 '전통'에 대해 이야기할 때 내가 촌티를 벗고 아주 멋지게 이야기할 수 있었던 이유다.

세 번째 아이돌은 류치웨이(劉其偉, 1912~2002. 대만의 저명한 인류학자, 화

가) 선생이다. 미술계 사람들은 그를 (존경하는 마음을 담아) '류라오劉老'라고 부르는데, '나이 든 장난꾸러기 소년'으로도 잘 알려져 있다. 그는 나에게 미술과 인류학을 통하여 건축을 이해하고, 교과서의 밖에 있는 듯하면서도 그 안에서 노닐 수 있도록 가르쳐주었다. 그는 중세에서 온 기사騎士와도 같이 르네상스 시기의 예술 속에서 종횡무진하고 먼 나라의 원시 부족 사이를 누볐다. 동양과 서양의 벽을 넘어, 예술사의 능선을 달리며 그림을 그리고 탐험을 했다. 구식 파이프를 입에 물고 오래된 시간의 역사와 함께 보르네오를, 남아프리카를 걸었다. 그가 내게 주었던 가장 중요한 가르침은 평생 하나의 캐릭터에 고정되지도 말고, 하나의 시나리오에 갇혀 있지도 말라는 거였다. 만약 '너 자신이 되라Do Your Own'의 청춘 모델이 될 만한 인물을 언급하자면, 중화민국(中華民國, 1912년 건국)과 같은 해에 태어났으나 결코 나이 들지 않는 기사騎士 류치웨이 선생밖에 없다. 류라오 같은 거인은 멀리 우뚝 솟아 있는 큰 산이며, 내 마음속의 〈인디애나 존스〉다. 그를 숭배하는 마음을 결코 숨기고 싶지 않다. 선생은 뼛속까지 로맨티스트이며 무엇에도 구속받지 않는, 거의 초절정 슈퍼 남신男神이다.

내가 건축학과에 처음 입학했을 때 이 선생님들이 혜성과도 같은 불빛으로 내게 많은 자극을 주었고, 꿈과 상상으로 가득했던 그 첫해에 나는 멋진 소년시대를 맞이할 수 있었다. 적절한 숭배는 몸과 마음의 건강에 좋으며, 앞으로 나의 건축 여정에 많은 도움이 될 것임을 깨달았다. 그리고 언제나 가장 말랑말랑했던 초심으로 돌아갈 수 있게 일깨워주며, 계속 앞만 바라보면서 직진할 수 있게 해준다는 것도.

가능하다면 마음속에 지니고 있는 나의 소년을
어른이 되기 전인 18세 생일 전날의 상태로 간직할 수 있기를 기대해본다.
하늘을 올려다볼 때는 천천히 떠서 지나가는
빨간 풍선을 만날 수 있기를 늘 기대한다.
멋진 도시의 스카이라인을 감상하고자 기대하는 마음에는
유효기간이 없다. 마치 첫사랑이 그러하듯.

여관에서의 첫 경험

———

'여관'이라는 두 글자는 어렸을 때부터 알고 있었다. 40여 년 전 내가 살았던 동네에서 이 두 글자는 항상 술+담배와 밍싱화루수(明星花露水, 화장품 이름) 그리고 일본풍, 이 네 가지 냄새가 한 세트의 기억으로 존재한다. 그때 우리 동네에는 여관이 딱 하나밖에 없었음에도 불구하고 그 이름은 잊어버렸다. 오히려 여관 옆에 있었던 핑크색의 작은 가게 이름은 생각이 난다. '헤이메이 런 주자(黑美人酒家, 술집 이름)'였다. 기억 속의 네 가지 냄새는 아마도 거기서 나는 냄새였겠지!

그런데 내가 실제로 여관을 처음으로 경험한 이야기를 하자면 고등학교 1학년의 겨울방학 때 국내에서 장한 뜻을 품고 먼 길을 떠났던 일을 언급해야 한다. 당시에는 그랑 투르grand tour가 아직 대중화하지 않은 때여서, 그 장대한 여행은 단지 2박 3일 동안 대만 남부를 여행하는 것에 불과했다. 하지만 이제 막 형체를 알아볼 수 있는 수염이 자라기 시작한 15세의 소년 두 명이 처음으로 독립적인 여행을 계획해서 어딘가 '다른 곳'으로 떠나는 건, 확

실히 '어른이 되는' 어마어마한 느낌이 들게 했다.

　나와 함께 여행을 간 친구는 초등학교부터 고등학교까지 어울려 다닌 절친이었다. 고등학교 졸업 후 헤어져 각자의 길을 걷던 우리는 다른 방향으로 한 바퀴를 돌아 아주 우연하게도 건축가라는 직업을 갖게 되었다. 하늘에서는 이 일을 미리 알고 있었는지, 두 애송이에게 남쪽으로 방향을 정해 여행을 다녀오게 하면서도 결국에는 옛 건축물을 체험하게 했다. 구글 신神을 영접할 인터넷이 없던 그 시절에 여행 준비를 할 때는 서점의 여행안내책자가 최고로 핫한 가이드 역할을 해주었다. 기차 시간표와 시외버스 시간표, 버스에서 버스로 갈아타는 시간과 대기시간, 숙소 등 가능한 한 최대치의 정보를 알차게 준비했다. 그리고 커다란 배낭을 메고 카메라를 챙겨 출발했다.

　첫날밤에는 가오슝의 쭤잉에 머물렀다. 당시의 '쭤잉'이라는 지명에서 떠올릴 수 있는 건 지금의 가오톄(高鐵, 고속철도)역 소재지로서의 패셔너블한 도시 스타일은 아니었다. 그때 책에서 많이들 추천했던 곳은 '춘추거'였던 걸로 기억한다. 이름으로 봐서는 몇 세기 이전의 왕조시대의 명승고적지 같았다. 그날 밤 우리는 그 명승지에 걸맞은 정도로 낡고 작은 근처의 여관에 묵었다. 여관 부근에서 저녁을 해결하려던 우리는 식사뿐만 아니라 옛 고적지 중에서도 랜드마크인 저 유명한 룽후타도 볼 수 있었다.

　전통적인 형태의 거짜이시歌仔戲 탑은 '매우 디즈니스러운' 신령하고 거대한 동물 두 마리로 연결된 출입구가 있었다. 입을 활짝 벌린 노란색 호랑이와 초록색 용이 보이고 그 옆 안내판에는 관광 규칙을 간단하게 '입룡후출호구(入龍喉出虎口, 용의 목으로 들어가서 호랑이의 입으로 나온다는 의미)'의 여섯 개 글자로 뚜렷하게 적어놔서 사람들이 탑을 들고날 때 신의 초자연적인 힘을 느낄 수 있게 해주었다. 옛 세대의 많은 명승고적들은 너무도 신비로우면서도 또 이렇게 귀여운 데가 있다.

아직 미성년자인 우리는 일말의 불안과 그보다는 더 많은 흥분을 느끼며 거대한 탑 옆에 있는 작은 여관에 들어갔다. 아주 좁고 생기 없어 보이는 회백색 현관에는 초록색 대리석 카운터만 있었다. 가까이 가서 보니 무늬만 대리석인 합성수지 재질이었고, 가장자리가 살짝 벗겨져 들떠 있었다. 카운터 뒤에는 탕산(唐山, 중국 허베이성 동북부의 지명)에서 대만으로 건너온 후, 한 번도 그 자리에서 일어난 적이 없는 것처럼 보이는 중년의 여장부가 앉아 있었다. 포동포동한 얼굴에는 표정이 없어서 옆에 있는 탑에 전시돼 있던 토우土偶 인형이 관광객을 위한 근무 시간이 끝난 후 이곳으로 와 숙박객들을 돌보는 게 아닌가 하는 생각이 들 정도였다. 우리는 그녀에게 '아주 어른스러운' 말투로 침착하게 방을 하나 요청했고, 그녀는 우리에게 사려 깊게도 욕실이 없어서 저렴한 이코노미룸을 내줬다. 우리가 기꺼운 마음으로 방값을 치르고 위층으로 올라가려는데, 토우 인형 여장부가 처음으로 미소를 지으며 우리에게 물었다.

"두 분은 팁으로 얼마를 줄래요?"

나와 친구는 서로의 얼굴만 쳐다보면서 어찌해야 할 바를 몰랐다. 너무 적게 주면 비웃음을 살 거고, 너무 많이 주면 만만하게 보일 테니까. 이건 소년들이 지닌 일종의 어른 남자 콤플렉스다. 얼굴 피부가 두껍지 못해서 바람만 불어도 주름이 진다. 이번 생에 경험하게 된 첫 번째 팁으로 얼마를 냈는지는 잊어버렸지만, 어쨌든 그 후 며칠 동안 우리는 식비 예산을 대폭 삭감해야 했다.

팁까지 지불했으니 방이 아주 고급스러울 것으로 지레짐작한 우리는 꿈을 꾸는 듯한 걸음걸이로 복도 끝의 이코노미룸에 도착했다. 결과만 이야기하자면… 방에 들어가자마자 코를 찌르는 진한 소독약 냄새 때문에 꿈에서 깨는 데 1초밖에 걸리지 않았다. 누가 봐도 이곳은 창고를 개조한 방이었다. 유일한 창문은 복도 쪽 벽에 붙은 환기창이었고, 벽을 덮고 있는 난초무늬 벽지는 가장자리 이음매가 죄다 조금씩 찢어져 있었다. 게다가 천장의 커다란 흰색 팔각형 형광등과 발밑에 깔린 다다미를 보고 있으면 마치 일본의 소설가 가와바타 야스나리가 옆에서 낮은 소리로 기침하는 소리가 들릴 것처럼 온 공간이 세상으로부터 소외된 분위기에 일종의 종말론적인 문학의 비장미마저 느껴졌다. 옆의 거대한 탑에 지옥의 고통을 벽화로 그려놓은 권세도(勸世圖, 세상을 설득하고 훈계하는 주제의 글씨와 그림)를 떠올리지 않을 도리가 없었다.

조심스럽게 짐을 정리하고, 옷을 벗고 샤워할 준비를 하던 중 또다시 놀라운 사실을 알게 되었다. 그건 바로 우리가 목욕을 하거나 화장실에 가는 등 인간적인 사소한 일들을 해결하려면 복도 맞은편 끝에 있는 공용 욕실에 가야 한다는 사실이었다. 나이 어리고 과묵한 두 남자가 옷가지를 끌어안고 머리를 숙인 채 뙤똑거리는 나막신을 신고 종종걸음으로 복도를 걸어갔다 되돌아오는 흑백영화의 한 장면 같은 우리의 이야기는 시무라 겐(志村健, 1950~2020. 일본의 유명 코미디언. 몸 개그의 달인)이 쇼와 시대를 배경으로 하는 극에 등장하는 코미디처럼 돼버렸다. 마침내 몸과 마음 모두를 정비한 우리가 잠자리에 들 태세로 꽃무늬 이불을 들추려는데, 문밖에서 우물쭈물하며 말하려다 멈추는 소리에 이어 문을 두드리는 소리가 들렸다. 우리 두 사람은 갑자기 닥쳐온 이 일에 어떻게 대처해야 좋을지 알 수가 없었다. 근거를 알 수 없는 핑크빛 소문들에서는 모두 이럴 때 문을 열지 말라고 경고한 바 있었다. 그러지 않으면 사춘기의 고민을 실수로 일찍 벗어나게 된 결과가 어떤 것일지 예측할 수 없다고 했다. 문을 두드리는 소리는 두 번 들리고 멈췄다. 그리고 우리는 어색하고 긴장된 분위기 속에서 말없이, 수줍음과 약간의 기대하는 마음을 품고 잠들 때까지 문짝을 바라보았더랬다.

이튿날 새벽에 체크아웃을 했다. 원래 무표정하던 카운터의 여장부가 이상스럽게 느껴질 정도로 친절하게 말해주었다. 어젯밤에 날씨가 갑자기 추워져서 호의를 베풀려고 여분의 꽃무늬 이불을 하나 더 갖다주기 위해 우리 방에 갔었다고. 어찌하랴, 어린 남자 둘이 너무 일찍 잠들어서 매우 미안하게 됐다고 말하는 수밖에. 친구와 나는 다시금 서로의 얼굴을 바라보았다. 말 잘 듣고 얌전한 남자애들이 어젯밤에 치른 거한 액수의 팁에서 뭔가 건질 수 있었던 유일하고도 유의미한 기회는 이미 지나갔다.

이것이 바로 문틈으로 어른들의 세계를 들여다본, 나의 여관에서의 첫 경험이자 작은 모험이다.

첫 경험이 반드시 아름다울 거라고는 말 못하겠지만,
결코 잊어버릴 수는 없을 것이다. 그리고 오랜 세월을 거쳐
순수하게 빚어진 소년의 환상적인 도시 기억들은
마침내 알 듯 모를 듯 모호했던 청춘의 시기를
어떤 특별한 아름다움으로 감싸준다.

전자상가

나는 옛 광화교光華橋 고가다리 아래 말세를 향해 가는 도시의 색채를 지닌, 절반이 지표면 아래로 가라앉아 있는 상가에 대해 이야기하고 싶다. 이곳의 공기에서는 늘 약간의 시큼한 맛이 난다. 온 도시의 산성비가 모두 여기에 모이기라도 한 듯, 상가 1층의 건물 외벽을 따라 이어진 보도가 마를 날이 거의 없다. 지하에서 물이 솟아올라 상가 보도에 고이는 게 아닌가 느껴질 정도다. 마치 상가 바로 아래에 축축한 기기가 있고, 지구를 파괴할 수 있는 첨단 무기로 무장한 어떤 비밀조직이 여기에 숨어서 매일 지표면에서 흘러나오는 액체로 풀지 못할 난해한 생태 신호를 발사하는 것 같다. 시큼한 맛뿐만 아니라 더 심오한 전자기 신호도 있다. 집돌이 덕후들을 순례자로 만들어버린다는 일종의 최면 신호인데, 그 신호가 당시의 광화상창光華商場(전자상가)을 성전으로 떠받들어 모시게 만들었다. 덕후인 나도 그들 순례자 중의 하나였다.

반지하인 이 상가에 진입하려면 얼마간의 용기가 필요하다. 거대하고 밝

289

은 고가도로에서 낮고 어두운 상가로 발걸음을 돌려야 하는데, 그 규모와 공간 구조의 애매모호함으로 인해 처음 오는 사람들은 1초 만에 국경선을 넘는 모험을 하는 기분이 든다. 주의하지 않으면 자신의 문화적 좌표를 잃고, 정체성이 흔들리는 현기증이 유발될 수도 있다. 판이하게 다른 사회, 경제적 배경을 지닌 남자들이 이곳에서 해적판 CD 하나 때문에 동일한 집단에 속하게 된다.

상가에는 헌책방 외에도 인체 감각기관의 경계를 넘어 빨간 선을 밟는 각종 동영상 CD를 파는 가게가 있다. 성인영화, 기괴한 식인종 다큐멘터리, 절판되거나 모자이크 처리를 하지 않은 일본 애니메이션 등등. 이곳에서 인류학의 현장학습을 한다 해도 지나친 말은 아닐 거라며 나는 스스로에서 최면을 걸었다. 그리고 전자 부품을 파는 작은 가게들은 1층과 2층에 있는 다른 가게들에게 왕따를 당해서 어쩔 수 없이 눈치꾸러기 며느리 같은 처지의 가게에서 장사를 하고 있다. 의외로 이런 곳들에서 그 어디에도 없을 듯싶은 기가 막힌 상품을 살 수 있다. 세상 돌아가는 게 이렇다. 땅속 깊은 곳에 다가갈수록 사람들이 예상치 못한 생생함이 있다. 이상하게도, 헌책방이 이런 곳에 있다는 사실에 전혀 위화감을 느낄 수 없다. 그렇다고 해서 당연한 풍경이라고 할 수도 없지만. 이 가게들은 마치 공동의 비밀을 지키기 위해 모인 사람들 같다. 신분과 하는 일이 제각각이긴 해도, 사뭇 잘 어울려 보인다. 여기에 오는 손님들까지도 암묵적인 한 나라의 사람이 될 수 있으며 다들 함께 도심에서 주변인의 느낌을 즐긴다. 공동의 '지하감각'으로…….

또 하나, 아주 핵심적인 인물에 관한 이야기를 하지 않을 수 없다. 바로 상가 내 곳곳을 돌아다니며 각종 해적판 자료들을 판매하는 개인업자들이다. 그들은 문서, 영상, 그래픽 소프트웨어, 음악, 백과사전과 고급 공무원시험 문제집에 이르기까지, 어떤 종류의 직업 종사자들이라도 만족시킬 수 있는 중장비 무기를 전부 가지고 있다. 이들의 외양은 거의 컴퓨터 산업과는 별로 관련성이 없어 보였다. 거래를 할 때도 젊은 날의 스티브 잡스와 더불어 특정 컴퓨터 프로그램의 장단점을 논의하는 분위기 따위는 느껴지지 않는다. 할리우드 영화에나 등장할 법한 마약 딜러에 더 가깝다. 동양적인 얼굴만 제외하면 문신, 칼자국, 검은 눈동자들은 영화 속 중남미의 마약 딜러를 닮았다. CD를 사는 게 아니라 경찰 영화에 출연한다고 해야 마땅할 것 같고, 돈을 내려고 꺼낼 때조차 너무 긴장돼서 나 자신이 영화 〈무간도無間道〉에서 경찰의 신분에서 범죄 조직의 스파이로 잠입한 양조위처럼 느껴질 정도였다.

이미 오래전에 상가를 재건축했기에 예전의 그 지하에 비밀 아지트가 있었는지의 여부는 확인할 방법이 없다. 도시의 결이 바뀌면 여러 가지 사연들도 처음부터 다시 시작된다. 고가다리가 없어졌으니 당연히 다리 아래로 가볼 기회도 없고, 투명 망토를 입고 어둠 속으로 들어가 악마와 거래하는 파우스트(독일어로는 '권투선수', '주먹이 센 자'라는 의미이고, 라틴어로는 '행복한 사람'이라는 뜻을 지님)도 찾을 수 없다. 성인 동영상 CD 장사는 전자파의 저주를 받아 사양산업이 되었다는 이야기는 나중에 들었다. 그 움직이는 영상들은 덕후들의 컴퓨터에 업로드되어 모니터 속에서 계속 부끄러운 듯 움직이고 있다. 옛 상가의 추억은 청춘의 기억 속에 모자이크되어 영원한 신화로 남고, 온 세상은 이제 '인터넷'이라는 비밀조직의 통치를 받게 됐다.

모든 도시에는 지표면 아래 숨어 있다가 맨홀 뚜껑 틈새로 솟아나오는
불온한 기체가 있는 것 같다. 사람의 마음을 들뜨고 성급하게 만들기도 하지만
없어서는 안 될, 아주 생생하고 맹렬한 암흑의 에너지 같은 것.
사람들을 들뜨고 떠들썩하게 만드는 이것은 아마도
매일 도시를 녹슬지 않게 잘 돌아가게 만드는 비결일 것이다.

식탁의 형태

———

식탁의 모양은 기하학에 대한 사랑의 오마주다. 내가 기억하는 첫 번째 식탁은 위에 장기판이 그려져 있는 작은 테이블인데, 어른들이 평소에 일을 마치고 나서 오락을 즐기던 테이블이었던 것 같다. 가로세로 60센티미터가량의 정사각형 테이블에 장기판의 격자무늬와 초나라와 한나라의 경계가 있고, 나의 침과 음식 흔적도 보인다. 나는 집안의 장손이라서 어른들이 나를 귀한 존재로 여겼지만, 다른 한편으로는 이 귀한 아이를 어떻게 대접해야 할지 준비할 시간과 경험이 별로 없었다. 그래서 나와 관련된 많은 살림살이에는 서민들의 창의적인 아이디어가 배어 있었다. 할머니와 어머니는 매일 이 식탁에서 내게 밥을 먹이면서 숫자와 주음부호(注音符號, 대만에서 사용하는 중국어 표기법의 하나)도 가르쳐주셨다. 그렇게 이 식탁에는 많은 의미가 새롭게 쌓여갔다.

나중에 내가 어른들과 함께 식사할 수 있게 되면서 식탁은 작은 우주에서 큰 우주로 바뀌었다. 당시 우리집은 4대가 함께 모여 살던 대가족이었다. 비록 집은 셋집이지만, 밥을 짓는 부엌과 밥을 먹는 공간의 크기는 충분했다.

물론 깊이 생각해보고 하는 말은 아니지만, 우리 한 가족이 배불리 먹고 따뜻하게 지낼 만큼은 되었다. 그때 우리의 식탁은 지름이 약 2미터인 노송나무로 만든 것으로 다리도 나무로 되어 있었다. 테이블 전체가 두툼하고, 안정적으로 자리를 잡고 있어서 마치 오래전부터 거기에 놓여 있었던 것 같다. 조용히 부엌 옆에 머물며, 시어머니와 며느리, 동서들 사이의 시시비비를 다 듣고 있으면서도 냉정을 유지하며, 세상 물정에 동요되지 않는다. 내 기억에 식탁이 가장 아름답게 보일 때는 저녁이었다. 해질 무렵에 비껴드는 노을빛이 식탁을 물들이고, 천천히 부엌 세간들 위로 옮겨가서 겹겹이 쌓인 생활의 흔적을 오르내리며 한 점의 그림을 그린다. 살림살이의 아름다움은 그 쓰임새에서 비롯된다는 원리를 나는 어린 시절에 아마 조금은 터득했던 것 같다!

중학교 때 집을 떠나 학교에서 생활하게 되면서 식사는 기계적으로 해치우는 단체 행동이 되었다. 그 순박하고 어리숙했던 계엄 시대에도 우리 기숙사는 군대식 관리 방식을 그대로 적용하고 있었다. 크고 작은 생활상의 문제들마다 구령과 동작으로 통제되고, 우리의 청춘기도 이렇게 밖으로 드러나지 않게 차츰 길들여졌다. 기숙사의 식탁은 1.5미터×3미터의 스테인리스 스틸 제품으로 한 테이블에 6명이 앉고, 한 사람이 차지할 수 있는 작은 우주는 30센티미터×40센티미터 크기의 스테인리스 식판이었다. 식사를 시작할 때는 식판이 부딪치는 소리와 배가 몹시 고파 꼬르륵거리는 소리만 들리는데, 식사 시작 구령이 끝나야 자신에게 스스로를 먹여주는 동작을 시작한다. 학교 기숙사에서 몇 년을 보내면서 어린 시절에 손도 대지 못했던 여주,

무, 가지를 모두 정복해서 먹을 수 있게 됐다. 그 까닭은 밥을 먹는 일은 수업처럼 반드시 해야 하는 일이었기에 감히 감각기관의 취향에 따라 오만하게 자율적으로 선택할 수 있는 일이 아니었음은 물론, 뭐든 주는 대로 아무거나 먹어야 했다. 이때의 식탁은 나의 말쑥하고 풋풋한 상태를 반영해준다.

대학에 가서 나는 사랑에 빠졌고, 나의 식탁은 어린 왕자와 공주를 수용할 수 있는 소행성이 되었다. 어느 자리에 있든 내 옆에는 당연히 공주가 있었다. 이 식탁은 실제로는 그리 크지 않아서, 대개는 지름 80센티미터 정도의 작은 원형 식탁이 주를 이루었다. 식탁 위에는 꽃 한 송이나 선인장, 차오몐(炒麵, 초면. 볶음국수) 두 접시, 국물 한 그릇, 그리고 은하계 연인들의 속삭임이 있었다. 우리의 식탁은 자리가 고정된 게 아니어서, 뜬구름처럼 잠시 셀프서비스 뷔페에 들어가기도 하고, 어두운 카페에도 내려앉았다가 그다음에는 나무 그림자와 함께 운동장의 잔디밭에 붙어 있을 수도 있다. 이 식탁은 나에게 서로에게 속하는 사랑의 함수관계를 가르쳐주었고, 나는 거기에서 또 다른 종류의 아름다움을 보았다.

가정을 이루고 나니 보석 같은 존재가 하나 더 생겼다. 나의 작은 가족 식탁은 1미터×1미터 30센티미터인 느티나무 테이블로, 대부분의 시간에는 3인을 위한 우주 역할을 한다. 가끔 가족 모임을 할 때 접이식 식탁 상판을 펼쳐 길이를 연장하면 우리집의 따뜻한 마음도 확장시킬 수 있었다. 늘 먹던 밥, 채소, 생선, 고기지만 하나도 부족함 없이 따뜻하고 만족스러웠고, 한결같은 사랑과 관심으로 가득 찬다. 식탁은 바로 집의 진정한 핵심이며, 이 핵심은 관대하고 유연하다. 우리는 식탁에서 삶에 대한 이야기를 나누고, 학교 이야기를 하며 숙제를 하고, 퍼즐을 맞춘다. 식탁에서 매일 아침식사를 하고 해마다 생일 케이크를 먹으며 우리들의 아이가 성장하는 기쁨, 그 아이의 청춘의 쓸쓸함과 쓰라림도 같이 나눈다. 식탁은 우리 마음속의 이야기를 가장 많이 듣고 있으며, 우리와 희로애락도 함께한다. 비록 이사를 몇 번이나 하면서 소파, 옷장, 침대는 모두 바꿨지만 이 조용하고 오래된 파트너는 교체한 적이 없다. 나는 나와 나의 자손들이 어떻게 하면 한 가족이 되는지를 식탁에서 배울 수 있도록 이 식탁이 우리와 함께 평생토록 함께해줄 거라고 생각한다. 서양에 이런 말이 있다. '당신이 먹은 음식이 곧 당신이다You are what you eat' 그만큼 먹는 게 중요하다면, 우리와 함께 밥을 먹고 사랑하고 사랑받기를 배우는 그 식탁에도 관심을 가져야 하지 않을까…….

우리들 삶 속의 많은 물건들은 나중에
일종의 장소와 같은 상태로 존재하게 되고,
나아가 집 안의 핵심을 이루게 된다.
식탁은 가족 사이의 친밀함의 총합이다.
성장하는 과정에서 때로는 축소되거나 확대되고,
때로는 분리되거나 집합하기도 하는 이 유동적인 형태는
사람과 사람 사이의 삶과 기억을 이어주는 사랑의 기하학이다.

우산 속 세상

———

비가 오는 날, 우리는 우산 속에서 비만 피하는 게 아니다. 우산을 쓰고 가면서 달라지는 우리 삶의 여정을 따라 경계가 달라지는 작은 우주 속에서 우리는 '사랑'을 배운다.

걷기를 배우기 이전의 내게는 어머니의 품이 우산 속의 유일한 단 하나의 세상이었다. 바깥세상에 아무리 거센 바람이 불고 비가 와도 우산 아래는 꽃향기 가득한 맑은 날이었다. 젊은 시절의 어머니는 굵게 웨이브 진 머리를 길게 기르셨고, 어머니의 가슴에 얼굴을 기대고 있으면 봄날의 정원과 같은 숨결을 느낄 수 있었다. 평소 걸음걸이가 빠른 편인 어머니가 나를 품에 안고 있을 때는 걸음을 늦추셨다. 어머니의 손에는 우산 말고도 이런저런 큰 짐과 작은 손가방이 함께 비를 피하고 있었지만 어머니의 한 손은 여전히 나를 안아줄 여유가 있었다. 내 머리를 어루만지는 어머니의 손바닥에서 전해지던 그 안전한 느낌에는 마술을 보는 듯한 신기함이 덤으로 딸려온다.

여성은 어머니가 된 후 팔이 많이 생겨나는 마법을 부릴 수 있을 뿐만 아니라, 아이를 보호하기 위해서라면 초인적인 힘으로 사자라도 때려 쫓을 수 있다. 이런 아름다운 장면은 나중에 나의 아내를 통해서도 볼 수 있었다. 어머니들만의 마법과 초인적인 힘은 내가 아이언맨의 티타늄 슈트를 입어도 따라잡을 수 없다.

내가 초등학교에 다니게 된 후 우산 속 왕국의 왕은 바로 나였다. 우산 아래에서 때로는 새처럼 날고 때로는 물고기처럼 유유히 헤엄을 쳤는데, 비가 많이 올수록 내 왕국의 국력이 강해지는 것 같았다. 나는 물이 고인 웅덩이에 뛰어드는 것을 좋아한다. 왠지 그 수면 아래에 비가 손댈 수 없는 또 다른 세계가 숨어 있다는 생각이 들어서 내 장화로 그 신비로운 세계의 입구들을 하나하나 정복하고 싶었다. 튀어 오르는 물보라에 비친 하늘의 그림자가 조각조각 반사되서 내 몸에 쏟아지고 나중에 옷에 묻은 하늘들이 마르면 흙빛으로 변했다. 그때 가장 즐거웠던 일은 내가 온몸을 더럽힌 만족감에 차서 집으로 돌아가면 언제나 어머니가 나를 잡아 욕실에 집어넣고 따뜻한 물로 목욕을 시킨 다음 햇빛 냄새가 나는 흰색 속옷을 입혀주시는 거였다.

어른이 된 후의 우산 아래 세계는 사랑이었다. 어떻게 하면 제대로 어른이 될 수 있는지를 모색하던 그때, 나는 우산 속에서 동반자를 보호하는 맹수가 되는 법을 배웠다. 비가 오는 날, 우산 손잡이를 쥐면 늘 동반자의 머리 위에 우산을 좀 더 많이 씌워주게 된다. 절반은 맑고 절반은 비가 오는 우산 속에서 내 몸이 반쯤 젖어도 기쁘기만 했다. 비가 많이 내릴수록, 우산을 들지 않은 다른 한 손은 그녀의 손을 꼭 잡았다. '이즈샤오위싼(一枝小雨傘, 작은 우산 하나)'라는 유행가 가사처럼 우리에게는 비가 오는 날에는 비가 오고, 맑은 날에도 비가 온다. 비가 오는 날 우리가 가장 가까운 사람, 그리고 가장 친밀한 관계를 보호하고 보호받기를 배우는 것, 그것이 아마 사랑의 첫 번째 교훈일 것이다!

아빠가 된 후로 나는 살짝 볼록해진 배와 지저분하게 면도한 수염의 소유자가 되었고, 우산의 구조와 안전에 신경을 쓰기 시작했다. 왜냐하면 이때 나의 우산 속 세상은 나의 가정이었기 때문이다. 이 벙커처럼 튼튼한 건축물 안에서 어떻게 아버지가 되는지를 배우고, 온 세상의 지붕을 떠받치는 법도 배우기 시작했다. 우산 속에 아이를 안고 있을 때면 나 자신을 커다란 공기 방울로 만들어 아이가 언제나 방울 속 맑은 날씨에 고요히 머물 수 있게 만든다. 이 맑은 날, 품속에 안겨 있는 어린 날의 내 모습, 그리고 나를 안고 있던 아버지도 보이는 것 같다. 몇 차례의 폭우 속 짧은 순간에 나는 '성장'에 대해 조금은 더 잘 이해하게 된 듯하다. 우산 밖의 비가 거세질수록 나는 몸을 더 키워서 마치 걸어다니는 성채 같은 몸이 될 것이다.

나는 이렇게 말하고 싶다.

'내게는 큰 머리가 있어서 우리 아이는 비가 와도 걱정할 필요 없어. 다른 사람들에게는 우산이 있지만, 우리 아이에게는 나의 큰 머리가 있거든'

최근 몇 년간 나이 드신 아버지가 병원에 진찰받으러 가실 때 내가 옆에서 부축해드리곤 하는데, 이때 나는 보이지 않는 우산을 하나 들고 있었다. 이 우산은 아주 무겁지만, 펴서 손에 쥐면 무척 안정감이 있다. 나는 우산을 활짝 펴서 우산 속에서 손을 붙잡고 계신 아버지와 어머니를 보호해드린다. 그곳은 안전하기 그지없고 날씨도 화창하다. 왜냐하면 우산 속 세상은 여전히 아버지의 팔과 어머니의 품이기 때문이다. 그리고 나는 여전히 걸음마를 배우기 이전의 뽀송뽀송한 행복을 즐기고 있다. 비바람이 아무리 거세도 우산 속에는 언제나 어머니의 자애로움과 아버지의 강인함이 존재한다.

나는 비 오는 날이 좋다.

우산 속은 벽이 없는 작은 방이며, 비가 많이 내릴수록
그 방에서 함께하는 관계는 더 친밀해진다.
그 친밀함은 연인 사이, 부모와 자식 사이,
그리고 혼자서 우산을 쓰고 갈 때 자신과의 대화 사이에서도 생겨난다.

크로스워드 퍼즐

———

M이 앨런 튜링Alan Turing에 대한 영화 〈이미테이션 게임The Imitation Game〉을 보고 나서 크로스워드 퍼즐에 빠졌다. 내 말인즉, 삽시간에 몸이 100분의 1로 축소된 그가 게임 속 가상의 네모난 방에 실제로 빠져들었다는 이야기이다.

그날은 유난히 긴 하루였다. M이 부모님을 모시고 병원에 진료를 받으러 간 날이었다. 암 투병 중이신 아버지의 전이轉移와 관련해서 그날 명확한 방향이 잡힐 것으로 예상돼, 이 전투의 서곡은 기대하던 대로 제2막 치료의 메인 스테이지로 넘어가려던 참이었다. 크로스워드 퍼즐에서 좌우 및 위아래로 따라붙는 수수께끼 문제를 해결하고, 마지막으로 문자열을 채울 글자 하나를 만나 전체를 완성하고 하이파이브를 준비하기 전의 순간과 조금 비슷했다.

그런데 의사가 말하기를, 원래 검사에서 확인한 하반신 전이 외에 상반신에서도 알 수 없는 흔적을 발견해서 다시 원점으로 돌아가 재검사를 해야 한다고 했다. 그렇게 크로스워드 퍼즐의 마지막 글자는 한순간에 멀리멀리 날아가 버렸다…….

피곤한 M에게 그날 밤에 든 생각은 아버지와 함께하는 항암 투병은 마치 한 차원, 또 한 차원의 다차원 크로스워드 퍼즐 같다는 거였다. 이 발견에 대한 이야기를 하자면 좀 초현실적으로 들릴지도 모르겠다. M은 그날 병원에서 아버지의 검사 결과를 듣던 중 몸에 약간의 불편함을 느꼈지만 처음에는 그저 과로 탓인 줄 알았고, 그 정도의 불편함은 낙담하고 계신 나이 든 부모님이 눈치채면 안 된다고 생각했다. 그러나 부모님을 모시고 차를 운전해서 집에 돌아가는 길에 그 불편이 점점 더 커져서, 자신도 모르게 두 손과 두 발이 핸들과 액셀러레이터에서 점점 멀어지고 있는 것처럼 느껴졌다. 애써서 목을 길게 늘여야 앞 유리창으로 전면을 내다볼 수 있었다. 그의 몸이 점점 작아지고 있었다…….

집에 돌아와 간신히 주차를 하고, 갑자기 그보다 덩치가 훨씬 커 보이는 노부모님을 편히 쉬게 돌봐드린 M은 움직이지도 못할 만큼 지쳐서 소파에 널브러졌다. 이때는 그의 몸이 벌써 원래 크기의 10분의 1로 축소돼 있었다. 온몸의 힘을 다해 그의 키와 비슷한 TV 리모컨을 눌렀더니, HBO 채널에서 그때 막 제2차 세계대전을 무대로 영국 수학자 앨런 튜링을 내세운 타임워너사의 영화 〈이미테이션 게임〉을 방영하고 있었다. 영화에 등장하는 크로스워드 퍼즐에 갑자기 필이 꽂힌 M은 한 바퀴를 돌아 소파 옆에 있는 잡지의 모서리를 붙들었다. 온 힘을 다해 크로스워드 퍼즐이 인쇄된 페이지를 펼쳐 넘기려고 애를 쓸 때쯤에는 M의 몸이 원래의 100분의 1로 줄어들어 연필 끄트머리에 달린 지우개로도 쉽게 지워질 상태의 존재로 남았다. 첫 글자의 실마리를 찾기 시작할 때부터 M은 게임 속 그 격자무늬 건축물에 빠져들기 시작했다.

퍼즐은 미로라 해도 되고, 어린 시절에 즐겨 했던 땅따먹기라고 해도 좋겠다. 다만 그 누구도 상상할 수 없었던 것은 여기 빠져들고 나면 높은 벽이 차례차례 쌓인다는 사실이다. 단순하고 무해할 것이라 생각했던 격자무늬 선을 통과하는 일이 감옥의 벽을 넘는 것보다 더 어렵다. 보통 사람보다 한 차원 낮은 세계에 빠진 M은 이제 병실이 한 줄로 주욱 늘어선 모습을 보고 있다. 단층촬영실에서 벽 모퉁이에 표시된 화살표를 따라 빠른 걸음으로 걸어가면 초음파실, 심전도실, 혈액검사실… 각각의 네모난 방에는 흰 가운을 입은 해설자가 퍼즐을 풀 수 있는 팁을 하나씩 준다. 퍼즐이 완성될수록 더 이해하기가 어려워졌고, 그의 발걸음은 점점 더 조급해졌다.

하지만 급해지는 발걸음과 호흡이 이어지면서 M의 몸은 계속 줄어들었다. 그 결과 눈앞에 있는 각각의 네모난 방들은 하나하나의 건물로 바뀌었다. 크로스워드 퍼즐의 네모 칸들의 방진方陣은 이미 하나의 도시가 되었다. 이 도시와 비슷하게 생긴 '다른 곳'이라, 익숙하면서도 낯설다. 그는 어렸을 때 살았던 톈징이 있는 단층집을 지났지만, 톈징을 통해서 보이던 산책하는 흰 구름과 졸고 있는 파란 하늘은 볼 수 없었다. 그가 사립중학교에 다닐 때, 그 쓸쓸했던 남자 기숙사를 지났지만, 기숙사 뒤쪽의 끝없이 너른 논은 이미 또 다른 큰 건물로 가로막혀 있다. 그가 대학시절 처음으로 세내어 혼자 살았던 남자만의 방을 지났지만, 그 집은 이미 콘크리트 촌락의 일부가 되어 알아보기가 힘들었다.

M이 빠르게 달리면 달릴수록 앞쪽의 방진은 높아졌다. 실은 자신의 몸

이 끊임없이 축소되고 있다는 것을 그는 알고 있었다. 만약 그가 크로스워드 퍼즐의 답을 찾아 채우지 못한다면, 그는 아직 완성되지 않은 글자와 빈칸 속으로 영원히 사라질지도 모른다!

혹시 이것이 지칠 대로 지친 그가 꾸는 카프카적인 꿈이라고 생각할 수도 있겠다. 하지만 그렇다 해도 이 꿈이 끝나지 않고 남자도 결국 깨어나지 않는다면, 아마 그 차원에서 완성해야 할 또 다른 미완의 삶이 존재하는 것일지도 모른다.

과연 어떤 삶이 진실에 더 가까운 것일까? 지금 소파에 앉아 크로스워드 퍼즐을 하고 있는 사람이 당신인가, 아니면 다음 단어를 찾기 위해 빈칸과 빈칸 사이를 뛰어다니는 사람이 당신인가? 일단 게임부터 먼저 해볼 것을 건의하는 바이다. 노는 과정이 인생의 핵심이라고 카프카가 말했으니까!

침묵하는 수많은 공간,

텅 비어 있는 것 같은 공기 속에 사실은 물음표가 숨어 있다.

그 속에 깊숙이 들어가보면 콘크리트의 벽이 우리의 예상보다

훨씬 더 고압적이고, 오만하다 할 정도로 더 강하다는 걸 느끼게 된다.

그래서 캐묻고 추궁하며 퍼즐을 풀어가는 과정에서 겁을 먹고 두려움이 생겨

끊임없이 충돌하고 길을 잃은 후에야 생명의 출구를 찾을 수 있다. 아니면,

우리는 더 높은 차원에서 원래의 미로를 봐야만 출구를 찾는 과정 자체가

출구일 수도 있다는 사실을 발견하게 될지도 모른다.

그건 당신이 이 게임을 하느냐 마느냐에 달려 있다.

융캉제에 가게를 하나 열자

―――

샤오완쯔는 나처럼 외계에서 온 것 같은 친구다. 몇 년 전 그녀가 융캉제에 대단히 느낌 있는 잡화점 하나를 열었다. 지나가는 사람들, 이웃들은 차 향기 그윽한 조롱박 같은 곳에서 무엇을 팔고 있는지 모른다. 매일 문을 열고 영업을 하는 이 가게에 간판이라고는 찾아볼 수 없다. 가게 주인이 하고 있는 '장사(生意, 장사, 영업, 직업을 뜻함)'는 아마도 이 가게에서 매일 다른 '의意'를 '생生'겨나게 하는 것이지 싶다!

마치 오래전부터 알고 지냈던 것 같은 샤오완쯔를 나는 가게에서 처음 만났다. 작년에 이 가게를 처음 방문했을 때 가게 앞에서 입구를 찾아 한참 헤맸다. 이곳은 분명 아름다운 곳이지만 거리를 지나는 사람과 관광객들에게 교태를 부리며 아양을 떠는 다른 가게들과는 달리, 어렸을 때 고향집 근처의 노포를 더 닮았다. 들어가도 되는지를 묻고 들어가지 않아도 누구에게나 다정하게 차를 대접한다. 인연이 있으면 손님이 되고, 인연이 없어도 손님이다. 왜냐하면 주인도 사실은 그리 주인답지 않기 때문이다. 가게 공간이 자유롭게 자신의 주인 노릇을 할 뿐, 손님이 주인이 되는 것도 언제든 환영이다. 이처럼 자연스럽게 형성된 집단적 기억은 마치 공간에서 나뭇가지와 잎이 자라는 것과 같다. 마치 햇살 아래 나무 그늘이 존재하는 것처럼. 그날 저녁 내가 가게에 들어갔을 때는 예닐곱 명의 손님들이 나무로 된 낡은 테이블에 둘러앉아 차를 마시고 있었다. 한동안은 누가 가게 주인인지 구분할 수가 없었다. 즐거운 티파티에서 신선놀음 하던 손님들이 일시에 뒤를 돌아보며 내게 미소를 지었다. 수십 평생을 사귀어온 것 같은 눈빛들이 허공에서 일제히 묻고 있었다. '왔군요!'

이 갑작스럽게 나타난 데자뷔가 아주 절묘해서, 나는 익숙하게 느껴지는 웃음과 이야기 속으로 아주 자연스럽게 녹아들었다. 그리하여 내 몸을 의자에 매끄럽게 밀어넣었다. 마치 그 자리에 원래 나와 똑같이 생긴 공기 인형이 내가 이 세상에 오기 전부터 그 자리에 앉아 있었던 것 같았다. 내가 앉자마자, 옆에 옛날책처럼 생긴 백발의 형제님이 손 닿는 곳에 있던 기타를 들어 연주하며 노래를 부르기 시작했다. 그 자리에 있는 다른 사람들이 자연스럽게 노래를 따라 부르고, 나까지도 결국 거기 있는 사람들을 알든 모르든 자연스럽게 함께 노래를 부르기 시작했다. 이어 백발의 싱어는 대만의 역사를 노래로 들려주었다. 그건 내가 들어본 것들 중 가장 아름다운 역사였고, 노래로 듣는 스토리텔링이었다. 그다음으로는 한 무용가가 어느 산악 부족을 회상하는 이야기를 했고, 어떤 의사는 자신이 과학에서 경험한 생명의 윤회를 이야기했다. 마치 허공에서 연꽃이 한 송이씩 피어나는 소리를 듣는 것 같았다. 옆자리에 앉아 있는 사람들 모두가 신선일 거라는 짐작이 가능하다면, 나는 우연히 다이애건 앨리에 들어간 해리 포터임에 틀림없다.

드디어 가게 주인 샤오완쯔가 내게 인사를 했다. 이곳에 가게를 열게 된 건 전혀 예상 밖의 일이었다며, 가게를 처음 오픈할 때부터 오래되고 편안한 분위기를 조성하고 싶었다고 했다. 그래서 오래된 가구와 펜던트 램프를 달고, 오랜 친구가 선물한 오래된 목재로 천장을 만들고 바닥을 깔았다. 가게 공간에 가득한 옛 감성 돋는 장식들, 억지스럽지 않게 꾸민 인테리어는 바로 주인의 몸속에 깃든 오래된 영혼 때문이다. 오랜 시간 대화를 나누어보니, 무엇을 파는 곳인지 모를 이 가게가 실은 무슨 일이든 일어날 수 있는 공간이라는 걸 차츰 깨닫게 되었다. 여기에서 가장 소중한 건 바로 '이야기'이다. 인연이 있는 사람들, 인연이 있는 음악, 인연이 있는 대화가 매일 다른 이야기를 만들어낸다. 새롭고 놀라운 일들이 모두 작품이 되는 이곳은 가장 생동감 넘치는 창작의 모태이자 무척이나 일상적인 생활이 펼쳐지는 무대였다. 음악 소리와 사람 소리, 오래된 가구와 오래된 영혼들이 이 공간에서 그들의 자리를 찾아 들어간다. 이 가게의 '상품'은 다양한 장인의 기술과 재능, 놀기 좋아하는 마음이다. 더욱 특이한 점은 이 가게에 이름이 있다는 것. '원선머(問什麼, 뭘 물어볼까)'라는 이름으로, 질문 자체가 답이다. 샤오완쯔의 가게는 나에게 도시와 거리를 새롭게 인식하는 방법을 가르쳐주었고, 무지개처럼 화려한 도시의 거리에 생얼을 드러내는 가게를 열 수도 있다는 걸 보여주었다. 장사를 하지 않는 듯이 장사를 하면 단순해진다. 돈을 벌고 있는지도 모를 정도로 단순하다. 단순함 속에 만만치 않은 즐거움이 있다.

처음부터 오래된 상태였던 이 가게는 이미 문을 닫았다. 가게의 공간에 담긴 신선들의 '이야기'는 모두 내일의 기억이 될 것이며, 나는 이 공간을 영원히 그리워할 것이다. 나이 들기 전, 젊은 날의 아버지를 그리워하듯.

거리는 도시가 모이고 흩어지는 무대이며,

거리에 있는 가게는 무대 양옆의 객석이다.

객석에 자리를 하나 잡을 기회가 주어진다면,

당신은 조용히 앉아서 휴먼 드라마를 구경할 것인가,

드라마 속에 들어가서 함께 웃고 우는 주인공 중의 한 명이 될 것인가?

여섯 개의 자기만의 방

삶의 마지막 방의 문이 닫힐 무렵, 그는 자기만의 첫 번째 방을 떠올리기 시작했다. 그곳은 바다의 소리와 파도가 물결치는 소리로 가득 차 있다. 눈은 항상 감고 있기 때문에 묘사해줄 수 있는 건 귀에 와닿는 소리와 몸이 둥둥 떠다니는 느낌밖에 없다. 사람들이 말하는 오감五感은 완전하지 않다. 불완전하거나, 혹은 완성 중인 상태라고 해야 맞다. 이 공간의 절대적인 힘이 그곳에 머무는 불완전한 생명체에게는 절대적인 안정감을 제공한다. 여기에서 살던 10개월 동안 예비 인간이었던 생명체가 바로 이 공간의 창작물이고, 이 최초의 공간은 살아 있을 뿐만 아니라, 그의 생명 외에 더 거대한 생명이 존재하기 때문이다. 이곳의 공간 윤리는 러시아 인형 마트료시카처럼 태초太初와 혼돈混沌을 잉태하고 키우는 것이다. 여기는 그의 어머니의 자궁이며, 첫 울음을 터뜨리기 전의 우울함 속에 가장 달콤한 외로움이 있는 곳이다.

두 번째 방은 어린 시절 자기만의 첫 번째 방이었고, 이때부터 물리적인 세계의 크기를 인식하기 시작하는데, 내 기억으로는 이곳의 천장이 하늘처럼 높아서, 하늘을 나는 두 개의 커다란 손이 내려와 그를 날아가는 새로 만들어주기를 가장 기대했던 곳이다. 이 방에서 그는 네 발로 기어가는 것부터 시작하여 두 발로 서게 되는 과정을 경험하고, 몸으로 공간을 인식하고 공간을 이용해 몸을 이해하는 과정을 거쳤다. '아집我執'이라고 하는 것이 이때 은밀하게 싹을 틔우고, 점차 자라 '영역감'이라는 꽃을 피웠다. 몇 년 동안 이 작은 '트루먼 버뱅크(Truman Burbank, 영화 〈트루먼 쇼〉에서 배우 짐 캐리가 연기한 주인공의 이름)'는 정말 여기가 세계의 전부인 줄 알았다. 트루먼이 경계선 밖의 진실을 알게 될 때까지, 그의 삶은 끊임없이 움직이며 안주할 곳을 찾고 있었다.

성장에는 늘 약간의 괴로움이 따른다. 왜냐하면 일단 모험이 시작되면 몸은 외로운 여행을 시작하기 때문이다. 그래서 세 번째 방은 계속 변화하고 있는 '장소場'이다.

'장소' 중의 하나는 중학교 때 집을 떠나 학교 기숙사에 거주할 때 주말마다 그와 함께 집을 그리워하게 되는 전화 부스다. 10분을 보내는 그 공간이 수용하는 건 자기 자신 외에는 오로지 수화기에서 들리는 어머니의 목소리, 수화기와 그 수화기를 꽉 붙잡고 있는 내 손의 존재감, 그리고 아버지의 듬직한 팔뚝에서 느껴지는 안전감.

다음 '장소'는 입대하는 날 고향에서 출발하는 기차 안. 젊은 육체들이 질서정연하게 앉아 객차를 가득 채우고 있었지만, 허무감은 영원히 메워지지 않을 것이었다. 다 자라서 이제는 '남자'라는 딱지가 붙은 그 혼자만 거기에 있는 것 같았다. 손에 만져지는 수염 자국과 코에 들어오는 땀 냄새 외에는 기차의 차창 밖으로 계속 스쳐지나가는 풍경만이 그 공간의 유일한 기억으로 남아 있다.

이 '장소'는 그가 세상 물정 잘 아는 직장인이 된 이후 또 한 번 바뀌는데, 그건 바로 호텔 방이다. 이 방은 늘 몸의 특정 부분에 대한 기억만 분리해서 지닌다. 그 기억들도 비슷한 것들만 뇌의 입구에 머무를 수 있다. 예를 들면 불을 끄고 침대에 올라가고, 불을 켜고 일어나고, 양치질을 하고 샤워를 하고, 거울에 비친 몸을 응시하는 것. 이것이 기간이 한정된 장소에서 느낄 수 있는 귀속감이다. 자신의 방이기도 하고 남의 방이기도 한 공간과는 아무리 여러 번 친밀한 관계를 맺어도 낯설다. 여전히 외롭다.

네 번째 방에 대한 이야기를 해야겠다. 이곳은 그가 숨어 지낼 수 있도록 제공되는 곳인데, 도시 사람들은 다들 하나씩 가지고 있다고 들었다.

이 방은 매우 은밀하지만 전후좌우의 사방 벽은 투명하고, 모든 사람의 방은 다른 사람의 방과 붙어 있다. 왜냐하면 모든 방마다 쇼윈도처럼 되어 있기 때문에 방 안에 있는 사람들은 마치 바비인형처럼 보이고 읽히기를 원하지만, 모든 걸 이해받기는 꺼리는 것 같다. 인형들마다 입을 열고 말하는 아름다운 얼굴은 있지만 서로의 진실한 목소리는 영원히 들을 수 없다. 몸을 움직일 수 있는 각종 다양한 기능이 있지만 3차원 공간에서 몸과 몸 사이에서 느낄 수 있는 친밀함의 의미를 이해하지 못하는 평면의 방이다. 우리는 이 방을 '페이스북'이라고 부른다.

다섯 번째 방은 그가 한 달 전에 들어와 머무는 곳이다. 그의 몸이 고장을 일으키기 시작했기 때문에 그는 고장 난 사람이 되었고, 이 방은 바로 그의 전속 '1인용 병실'이다. 공기마저 순수하게 느껴지는 하얀 방인데 하루키의 글에 등장하는 정결한 면 냄새가 나는 하얀 셔츠의 느낌과 아주 비슷하

321

다. 사람을 절망 속에 빠져들게 하는 소독약 냄새 때문에 방에 있는 게 아니라 포르말린에 잠겨 있다고 하는 게 맞을 것 같다. 포르말린에 잠겼던 마지막 기억은 병실에 계셨던 아버지와 함께했던 것으로, 몇 십 년이 지났는데도 여전히 생생하다. 이 하얀 방은 고장 난 사람뿐만 아니라 사람들의 기억도 수용한다. 들어오는 방주인들마다 글을 쓰고 싶다는 욕망을 불러일으킬 것만 같다. 지난 인생을 토로하면서 우표수집 앨범에 모셔놓은 진귀한 소장품처럼 정성들여 배열하고, 유형무형의 글쓰기로 시간의 물을 다시 컵에 붓고, 청춘을 다시 되찾고 다시 쓸쓸함을 더해, 이렇게 쓰인 글들이 종이처럼 하얀 공기를 색으로 가득 채운다. 주전자 바닥의 검은 색만 있어도 고생 끝에 얻은 달콤한 느낌의 보이차맛이 난다.

곧 문이 닫힐 여섯 번째 방에 돌아가니, 문이 아주 무겁고 또 무거웠다. 생명체가 일찍이 느껴볼 수 없었던 무거움이었다. 천천히 움직이는 그 문은 성문보다 더 두꺼운 노송나무이고, 입구가 작기에 나무향기가 짙어진다. 크기는 작지만, 이 방을 만들 때는 맞춤 제작하는 양복처럼 정성스럽게 사이즈를 잰다. 어쨌든 앞으로 이 방에서는 잠만 자게 될 것이므로 엎치락뒤치락하거나 옆으로 누워서 잘 필요가 없어서 천하태평이다. 그때 갑작스러운 깨달음이 그에게 왔다. 결국 마지막 자기만의 방은 그저 커다란 널빤지 하나만 있으면 된다는 사실을. 이때 그는 문을 닫고 다시 바닷속으로 뛰어들고 싶었다. 얼마나 간절하게 첫 번째 방으로 다시 돌아가고 싶던지!

어렸을 때부터 지금까지 많은 방에서 살았을 텐데,

당신은 몇 개나 기억하고 있을까?

어떤 감각으로 기억하고 있는가?

기억 속에서 공간의 어느 부분을 선택해서 기억하고 있는지?

어둡거나 밝거나, 따뜻하거나 차갑거나,

우아한 꽃향기가 나거나 코를 찌르는 소독약 냄새일 수도 있다.

아마도 지나온 삶에서의 방의 기억들은

바로 우리 자신의 몸이 인식하고 있는 기억의 총합일 것이다.

어느 날, 집이 나에게 말을 걸었다

초판 1쇄 발행 2023년 10월 5일

글·그림 린위안위안 | 옮김 심혜경·설시혜 | 펴낸이 오연조
펴낸곳 페이퍼스토리 | 출판등록 2010년 11월 11일 제 2010-000161호
주소 경기도 고양시 일산동구 정발산로 24 웨스턴타워 T1 707호
전화 031-926-3397 | 팩스 031-901-5122
이메일 book@sangsangschool.co.kr

ISBN 978-89-98690-76-2 13820

WHAT ARE THE HOUSES THINKING (房子在想什麼)

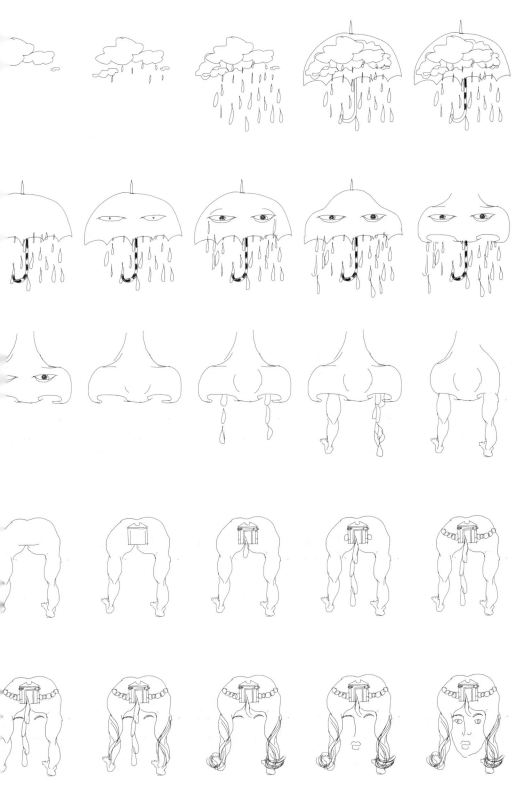

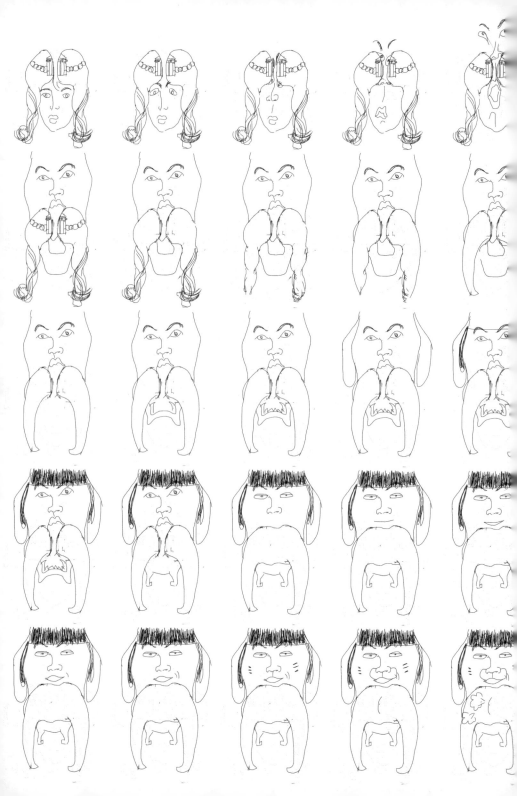